KB267721

꺾이지 않는 글쓰기

꺾이지 않는 글쓰기

초판 인쇄 2025년 12월 23일
초판 발행 2026년 01월 15일

지은이 이락
그린이 김진혁
펴낸이 이재일

책임편집 진원지
디자인 즐거운생활
편집·디자인 한귀숙, 김채은, 고은하, 김유진
제작·마케팅 강백산, 강지연, 김주희

펴낸곳 토토북
출판등록 2002년 5월 30일 제2002-000172호
주소 04034 서울시 마포구 잔다리로7길 19, 명보빌딩 3층
전화 02-332-6255
팩스 02-6919-2854
홈페이지 www.totobook.com
전자우편 totobooks@hanmail.net
인스타그램 totobook_tam

ISBN 978-89-6496-545-0 43800
ⓒ 이락·김진혁, 2026

꺾이지 않는 글쓰기

글 이락 그림 김진혁

세특에서 논술까지, 탐구 보고서 훈련소

팀

차 례

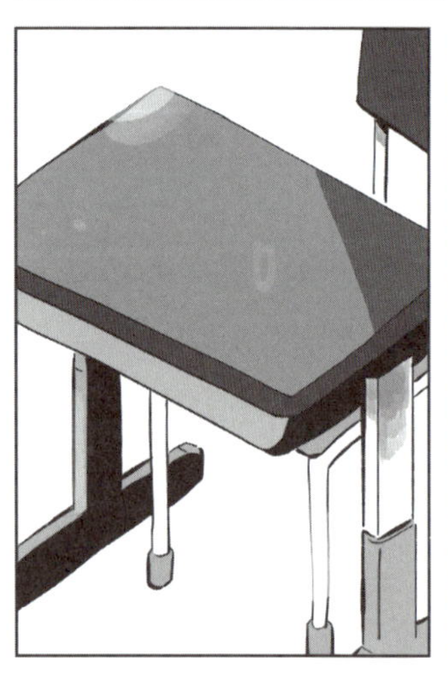

빈자리,
한민규지?
축구부
긴급 훈련이요~.

2인3각 보고서
AI 시대의 극기 훈련
STAGE
1

자…!
2인 3각

이번 학기 수행평가는
2인3각 보고서 쓰기다!

뭔 소리야, 갑자기!
오징어 게임도 아니고 무슨 2인3각?
부상자 속출로 체육대회에서도 금지 종목이잖아.
하여튼 현스터!
현종진 쌤의 별명. 현종진+몬스터

두둥
깜짝
2인3각!
!

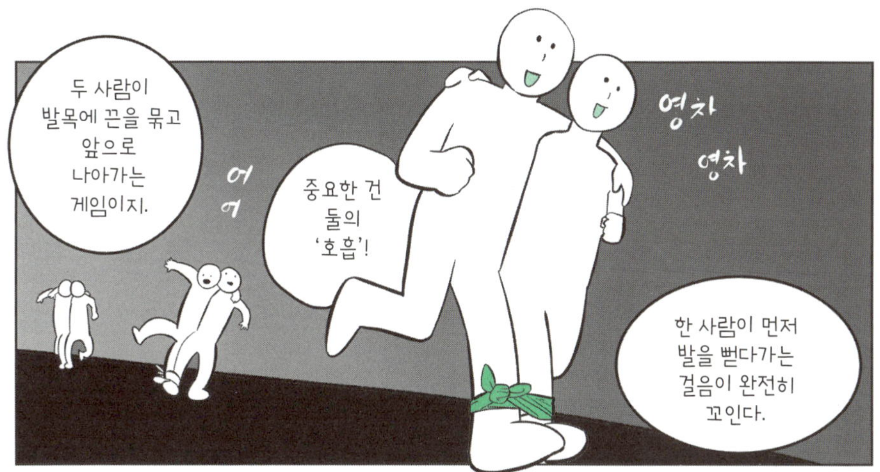

두 사람이 발목에 끈을 묶고 앞으로 나아가는 게임이지.
어어
중요한 건 둘의 '호흡'!
영차 영차
한 사람이 먼저 발을 뻗다가는 걸음이 완전히 꼬인다.

경기에서 질 뿐만 아니라
엉켜 자빠져서 크게 다칠 수도 있지.
꽈당
이 게임 다들 해 봤지?

멍...

해.봤.지?
네. 네!

파트너끼리 힘을 합쳐 최고의 보고서를 작성한다.
여기 조건이 있어.
두 학생은 협력자이자…

서로의
평가자가 된다.
!!!

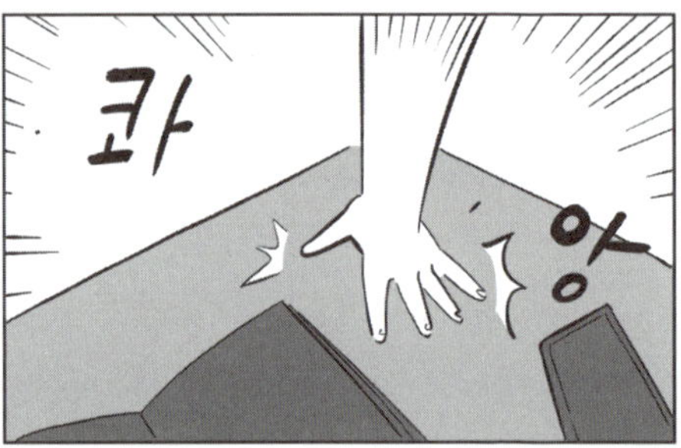

코
앙

에이, 쌤!
오- 부반장~!
오오!!
그건 아니죠!
참다못한 부반장 조용환이 들고일어났다!

앉. 아.
설명할 테니까.
다시 앉았다.

여기 점점
초조해하는
한 명이
있으니…
끄응….
공부 천재
전교 1등,
주현우.

혼자 하는 건 자신 있지만
남들이랑 무언가 함께하는 건 도통 익숙하지가 않다.
ISTJ
끄으응
급식실에서도 영어 단어장을 친구 삼아 밥을 먹을 정도.
오지마
말걸지마

왜들 타인과 불필요한 관계를 맺는 데 시간을 허비하는지, 그런 비효율적인 삶을 기꺼이 받아들이는지…
흥
도무지 이해할 수 없는 1인.

너희, 이게 뭔지 아냐?

이건 1학기에 너희가 쓴…,
아니지.
너희 AI 비서께서
대신 작성한 보고서다.
두둥

끄응-
응흥

난 AI 안 썼는데!

이제 사람이
글을 쓰는 시대는
끝났어!

이거 봐!
AI가 쓴 거
현 쌤은 절~대
모를걸?

너희
인생보다
긴 시간
고교생
글을 본
내가

딱 보면
모르겠냐?
이게 너희가
쓴 건지,
아닌지?

자, 보자.
얼씨구?

"세계 고전문학과 한국문학의 연관성 고찰"이라.
이게 우리 반장의 보고서였나?
"문학 수업에서 《이방인》 속 법정 진술 비판 활동으로 학생의 사고력을 신장시킬 수 있다."
그렇지 용환?
이영재 군도 현대문학에 조예가 깊더군.
"《무진기행》으로 알아보는 현대문학 속 인간 소외 문제"는 또 어떻고….
이것도, 저것도….
네?
아, 네에.
헉 예?
허허허.
돌 돌 돌
도대체 인간미가 없어,
인간미가….
그래서 제출만 하면 만점을 준 거다. 도무지 채점을 할 수가 없었으니까!
야! 제출자 다 만점이래!
나이스~!
알겠냐, 이 무지몽매한 녀석들아!
아
그랬구나!
무지…, 뭐?
난 AI 안 썼다고!

너희가 쓴 보고서를 떠올리며 학생부를 쓰려니
심히 헷갈렸다.

나는 지금 학생을 평가 중인가?

아니면
학생이 활용한 AI를 평가 중인가?

사람에 대한 평가는 사람이 하는 게 옳다.
AI에 대한 평가는 AI가 하는 게 낫지 않은가?
그렇다면 교사는 사람인가, AI인가?

나왔다! 헌스터 오버 액션!
ㅋㅋ
오그라들어….

현스터 저럴 때마다 왜들 그리 좋아하는지….
하여간 찜찜해!

2인 3각
그래서 2인3각 보고서가 대체 뭐냐고!

자, 지나간 일은 지나간 일이고!
이번 2학기에 제대로 된 보고서를 다시 쓴다.

생성형 AI 활용? 좋아.
하지만 그걸 너희가 쓴 양 제출하고
의기양양해하지 마.

AI는 보조 수단일 뿐.

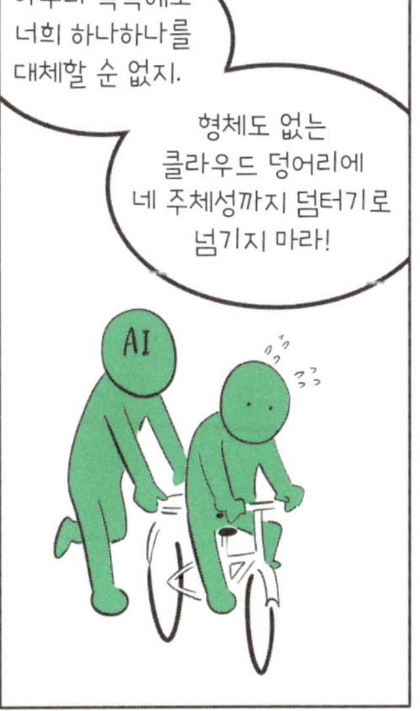
아무리 똑똑해도 너희 하나하나를 대체할 순 없지.
형체도 없는 클라우드 덩어리에 네 주체성까지 덤터기로 넘기지 마라!
AI

쌤!
협력자는 알겠는데, 평가자는 뭐예요?

서로 평가하라는 건가요?
역시 반장! 좋은 질문이다.
여기 봐라!

〈상호 평가 채점 기준〉 (총 50점)
• 협력 및 의사소통 (15점)
• 태도의 적극성 (20점)
• 보고서 작성 기여도 (15점)
같은 팀인 이상, 여러분은 한 배를 탄 동료다.
동료의식을 발휘해야 좋은 성적을 받을 수 있어.

물론 협조하지 않는 동료에 대해서는
과감하게 평가해라.

약속 시간을 어긴다든가.
자료 수집을 대충 한다든가.
AI를 무비판적으로 그대로 베껴 쓴다든가. 그러면 파트너의 스트레스도 상당하겠지?

그런 경우 짝에게
낮은 점수를 줄 수도 있다는 말이다.

와, 쌤! 너무 잔인한데요?
암!

잔인하다마다!
마치!

너희가 나를 골탕 먹이려고
AI 보고서를 제출한 것만큼!

뭐야, 결국 복수?

긁적

어이,
주현우!
네?

속으로
내 흉봤지?
절래
절래
왜 이래!

얀마,
어른한테
고개만
흔드는 거
예의 아니랬지?
네에i....

뭐?
내 흉봤다고?
아, 아니요!
화들짝
ㅋㅋㅋ
ㅋㅋ
ㅋㅋ

그럼
방과 후
교무실로 와.
예?
예....
짜식이, 쫄기는!

수행평가 관련해서
부탁할 게 있어서 그래.

팀은 다음 시간까지
알아서들 짜 오세요.

오늘 수업은
여기까지!

교 무 실

아이고,
이게 누구야?

현우, 열심히 하고 있지?
아~쭈 기대가 크다, 알지?

왔냐?

교감 선생님,
부담 주지
마시라니까요.

부담이 아니라
격려지, 격려!

어련하시겠습니까?
야, 가자.

야, 주현우.

너, 우리 학교
축구부 알지?

60년 전통 무산고 축구부.

협회장배
전국 고교 축구대회
10시즌 연속 우승팀.

그렇지만 무산고 출신 전 국가대표
정청룡 감독 은퇴 후 성적이 곤두박질쳐,

이제 전국대회는커녕
지역대회도 말아먹는

한물간 축구 명문.

왜 이러지?
설마 나더러
축구부에
들어가라는 건….

너, 우리 반에
축구부원 있는 건 알지?

한민규라고.

네.
한민규.
수업에
들어오지만
대부분
엎드려
자는 아이.
이번에
전국대회가 있거든.
근데…
최저 학력
기준에
못 미치면
대회 출전이
안 돼요.

어때?
예?

한민규랑 같이
팀 해 보는 거.

기초조사서에
취침 시간과
기상 시간을
곧이곧대로 적은 게
화근이었다.

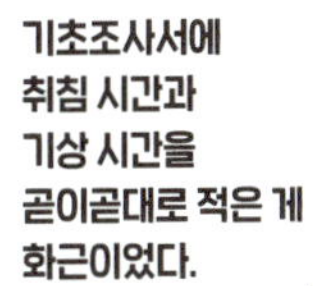

새벽 4시부터 뭐 하느냐는
집요한 질문에
진실을 말해야 했다.

해외 축구 덕질.

초등학교 때부터
계속한
현우의 쉬미다.

….

저….
응?

저 혼자 해도 돼요?

안 돼.

한민규,
이름은 올려 둘게요.
조그만 게 어디서
못된 것만 배워서는.
안 돼.

하
아
아
아
땅 꺼지겠다,
들어 봐.

일단 그건
교육적으로
도움이 안 돼요.
명색이 교사라면서
'이번에는 사정이 급하니
편법으로 처리하자.'
이럴 수는 없지.
게다가….

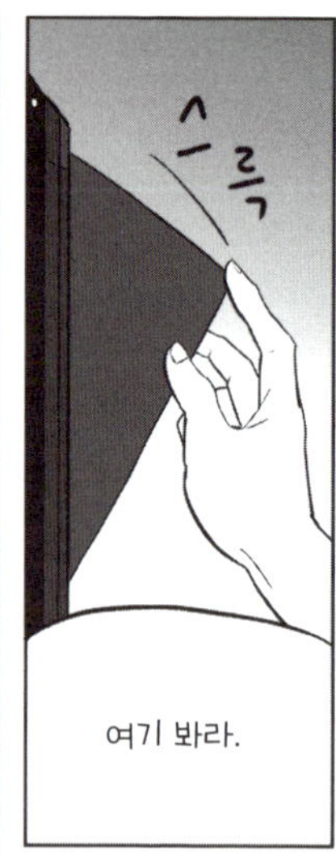
여기 봐라.

교육과정에서도 '협력적 소통 역량'이랑 '공동체 역량'을 강조해.
학생부 종합 전형에서 이걸 주요하게 본다고.

너, 지금껏 이런 역량을 증명하는 활동…
했니, 안 했니?

끄응…. 끝까지 혼자 잘하면 될 줄 알았는데.
협력
공동체
입시를 만만히 봤나?

그러니까 잘해 봐. 너도 네 세계를 키워야지.
언제까지 옹졸한 세계에 머물 수는 없어.

믿어 봐.
난데없는
2인3각
수행평가.

강제로 맺어진
파트너.
게다가 파트너는
인사 한번 안 해 본
축구선수.

민규,
애가 밝고 착해.
공부도 하면
곧잘 할 놈이고.
내가 그런 건
좀 보거든.
진짜
쩔더라.
오늘 민규….
하하,
뭐얼~!

왕팔뚝 현스터가
지금까지 현우가 쌓아 둔

믿어 봐.

응?

성벽을
무너뜨리려
하고 있다.

비틀

비틀

전학… 갈까?

반갑다, 제군! 현종진의 탐구 보고서 원포인트 레슨에 온 것을 진심으로 환영한다.

본격적인 수업에 앞서 여러분이 이수하고 있는 교육과정에 관해 이야기해 볼까 해. 바로 시작하지.

교육과정에서 미래 사회에 꼭 필요하며 교육을 통해서 기르고자 하는 능력을 '핵심 역량'이라고 해. 2022 개정 교육과정에서는 다음 여섯 가지 핵심 역량을 제시하고 있지.

현우에게도 말했지만, 대학은 이런 역량을 갖춘 학생을 학생부 종합 전형을 통해 선발하고자 한다고.

2022 개정 교육과정 여섯 가지 핵심 역량

자기 관리 역량

자아 정체성과 자신감을 가지고 자신의 삶과 진로를 스스로 설계하며 이에 필요한 기초 능력과 자질을 갖추어 자기 주도적으로 살아갈 수 있는 능력.

지식 정보 처리 역량

문제를 합리적으로 해결하기 위하여 다양한 영역의 지식과 정보를 깊이 있게 이해하고 비판적으로 탐구하며 활용할 수 있는 능력.

창의적 사고 역량

폭넓은 기초 지식을 바탕으로 다양한 전문 분야의 지식, 기술, 경험을 융합적으로 활용하여 새로운 것을 창출하는 능력.

심미적 감성 역량

인간에 대한 공감적 이해와 문화적 감수성을 바탕으로 삶의 의미와 가치를 성찰하고 향유하는 능력.

협력적 소통 역량

다른 사람의 관점을 존중하고 경청하는 가운데 자신의 생각과 감정을 효과적으로 표현해 상호협력적 관계에서 공동의 목적을 구현하는 능력.

공동체 역량

지역·국가·세계 공동체의 구성원에게 요구되는 개방적·포용적 가치와 태도로 지속 가능한 인류 공동체 발전에 적극적이고 책임감 있게 참여하는 능력.

출처: 교육부, 《2022 개정 교육과정 총론》

만약 여러분이 학생부 종합 전형으로 원하는 대학에 입학하고 싶다면, 학생부에 이 여섯 가지 역량이 갖추어져 있거나 그를 위해 노력하는 모습이 반영되어 있어야겠지.

현우를 예로 들어 설명해 볼까? 이 친구는 매일 계획적으로 공부하는 자세를 갖추고 있고, 자신의 부족한 부분을 보완하기 위해 자기 주도적으로 노력하는 적극성도 지니고 있지.★자기 관리 역량 우수 학업 역량은 말할 것도 없이 우수하고, 지식 수준이 높아 보고서를 아주 잘 써.★지식 정보 처리 역량 우수 보고서 작성 과정을 보면 문제를 접근하고 해결하는 방식이 아주 참신하지.★창의적 사고 역량 우수 음악이나 미술 소양도 탁월해. 읽고 있는 문학 작품의 수준도 상당히 높고.★심미적 감성 역량 우수

그런데 이 친구에게 부족한 게 '협력적 소통 역량'이랑 '공동체 역량'이란 말이야. 과연 현우가 이번 기회에 두 가지 역량을 키울 수 있을까?

자, 이쯤에서 한 가지 간곡한 당부의 말씀을 드립니다! 학생부에 나열할 활동, 많다고 좋은 게 아니다. 아무리 희망 학과나 진로와 연결시켜도, 관련 활동만 줄줄이 나열하는 학생부는 단조롭고 억지스러운 느낌이 들기 때문이야. 그러니 여러분은 다음의 기준으로 활동을 설계하고 접근해 보는 걸 추천해.

나에게 ○○역량이 있나	예 →	○○ 역량을 어떻게 (무슨 활동으로) 드러낼 수 있을까?
	아니오 →	○○ 역량을 어떻게 (무슨 활동으로) 기를 수 있을까?

활동을 위한 활동이 아닌 '성장'을 위한 활동이어야 해.

이 인식의 차이가 보잘것없어 보인다고? 아니. 학생부는 한 명이 작성하는 글도, 짧은 시간에 완성되는 글도 아니야. 여러 선생님의 글이 3년 동안 차곡차곡 쌓여서 만들어지는 문서라고. 오래 축적된 글에는 진심과 진실이 깃드는 법이라 어거지로 끼워 맞춘 학생부는 결국 티가 나기 마련이지. 한 학기씩 떼어 놓고 보면 몰라도 3년의 기록이 축적된 학생부에는 그 한계가 제법 뚜렷이 드러난다고.

그러니 이런 인식을 바탕으로 학생부의 글감이 될 활동을 세심하게 설계하고 실행해야 해. 선생님들은 제군의 그런 모습을 관찰하며 역량을 평가하실 테지. 여러분의 역량을 보여 주는 가장 유용한 방식이 바로 보고서 쓰기라는 점은 두말하면 잔소리지. 어때? 보고서 쓰기, 배워 볼 마음이 좀 들어?

주제 낚기
우등생×축구부원
STAGE
2

주현우?
반갑다.
나 한민규야.
우리 같은
팀이라며?

저번 수업 시간에 떨어진 폭탄 발언 이후로, 교실은 팀 구성으로 난리통이었다. 친한 친구끼리 팀을 맺는 것이 수월한 게 분명했지만 그렇게 단순하게 파트너를 정하는 경우는 드물었다. 쉬는 시간이면 아이들은 자기보다 성적이 좋은 학생과 팀을 짜기 위해 분주하게 움직였다. 간식이나 치킨 공수는 물론, 심부름 쿠폰 발행이라는 초강수를 써 가면서 파트너 스카우트에 열을 올리는 아이도 있었다.

그런 와중에도 현우에게 접근하는 아이는 단 한 명도 없었다.

'현스터 예언대로인가? 살짝 무서워지려고 하네.'

그때 "주현우?" 하고 부르는 소리가 들렸다. 앞자리에 낯선 아이가 몸을 돌리고 앉아 있었다. 제대로 얼굴을 본 건 오늘이 처음이다.

'얘가 한민규구나.'

시꺼먼 피부, 크고 다부진 몸집, 짧게 자른 스포츠형 머리 등등으로 운동부로서의 정체성을 한껏 발산하고 있었다. 물론 본인은 의도하지 않았겠지만.

"그런데."

“반갑다. 나 한민규야. 우리 같은 팀이라며?”

‘뭐지, 이 호쾌한 첫인사는?’

현우는 이 아이가 학교에 오면 책상에 엎드려 잠만 자던 그 축구부 학생이 맞는지 의구심이 들었다.

“담임 선생님께서 말씀하시더라고. 너랑 내가 같은 팀이라고. 반에 친한 친구가 없어서 걱정했는데, 네가 나랑 같은 팀 하겠다고 했다며?”

현우는 일순 정신이 혼미해졌다.

‘내가 하겠다고 한 건 아니고, 선생님이 강요한 건데? 아니, 그것보다 선생님께서? 말씀? 너 당사자가 없는 데에서도 이렇게 극존칭을 쓰는 예의 바른 녀석이냐?’

목젖에 걸린 말을 입 밖으로 내뱉진 못한 채 현우는 그저 “어…….” 하고 고개를 끄덕였다.

“네가 내 생명의 은인이야. 잘 부탁한다!”

민규는 크고 두툼한 손으로 현우의 손을 감싸며 웃었다. 완전히 눈이 감기는 웃음이었는데 약간 처진 눈꼬리 때문인지 선한 느낌을 주었다.

‘엄청 밝은 녀석이잖아?’

완전히 빗나간 첫인상에 왠지 얼떨떨했지만 어쨌든 파트너가 걱정했던 것보다는 협조적으로 보여 마음이 놓였다.

"반장한테서 팀은 다 짰다고 들었다. 팀별로 앉아 있는 거 맞지?"

현 선생의 말에 반장 영택이 큰 소리로 "네!"라고 대답했다.

"아주 잘하고 있어, 반장. 우리 반 수업 분위기는 네게 맡기겠다!"

그 말에 영택이 장난스럽게 허리에 손을 올린 채 우쭐거리는 포즈를 취했다.

"넌 다 좋은데 바로 그게 문제야. 겸손해질 필요가 있어."

현 선생이 덧붙인 말에 교실에 한바탕 웃음이 터졌다.

"자, 오늘은 보고서 주제를 정해 볼 거야. 이거 받아."

현 선생이 활동지를 나눠 주었다.

"이제 수업을 시작해 볼까요?"

현 선생의 존댓말이 나왔다. 본격적으로 수업이 시작된다는 뜻이다.

"오늘 수업은 이 활동지에 제시된 대로 진행합니다. 우선 1번. 자신의 관심 분야를 써 보자고."

수업 시간 내내 존댓말로 진행되는 건 아니다. 반말과 존댓말을 오가며 수업을 유들유들하게 풀어내는 것이 현 선생의 수업

국어 수행평가 〈2인3각 보고서〉 주제 정하기	학번	
	이름	

1. 자신의 관심 분야 세 가지를 정리해 보자.

‘나’의 관심 분야	

2. 파트너의 관심 분야를 조사해 보자.

‘나’의 관심 분야	

3. 둘의 관심 분야를 고려하여 주제를 선정해 보자.

‘우리’의 관심 분야	

‘우리’의 주제	

진행 방식이라는 것을 이제는 모두가 잘 안다.

"꼭 진로나 장래 희망이랑 관련짓지 않아도 돼. 취미나 특기를 써도 괜찮습니다. 만화도 괜찮고 게임도 좋아요. 주제는 어떤 거라도 좋아!"

'관심 분야라, 나는 어떤 것에 관심이 있지?'

현우는 일단 축구를 떠올렸다. 어릴 때 바이올린을 배워서 클래식 음악에도 관심이 있었다.

'축구라고 쓰는 게 좋을까, 아니 PL(프리미어 리그, 잉글랜드의 프로축구 리그를 일컫는 말.)이라고 쓰는 게 나으려나? 아니면 클래식 음악? 음, 바이올린 연주라고 써야 할까?'

현우는 관심 분야의 범위를 어느 정도 넓혀 놓는 것이 좋을 듯했다. 이것은 어디까지나 보고서의 주제를 선정하기 위한 활동이기 때문이다. 분야를 넓게 잡아 두면 민규와 일치할 가능성도 높아진다.

현우는 PL 대신 축구, 바이올린 연주 대신 클래식 음악이라고 적었다. 나머지 한 칸은 어릴 적부터 읽고 또 읽은 코난 도일의 역작, 셜록 홈스 시리즈를 떠올려 추리소설이라고 쓰고는 민규의 활동지 쪽으로 시선을 돌렸다.

1. 자신의 관심 분야 세 가지를 정리해 보자.

'나'의 관심 분야	축구
	축구
	축구

　민규는 세 칸을 '축구'로 채워 놓고서는 팔짱을 낀 채, 현우의 활동지를 보고 있었다.

　"너, 축구 좋아하냐?"

　현우가 고개를 끄덕이자 민규가 반색했다.

　"잘됐네!"

　민규는 현우의 활동지에 적힌 '축구, 클래식 음악, 추리소설'을 순서대로 옮겨 쓰고는 3번 '우리의 관심 분야'란까지 '축구'라고 단번에 써 내려갔다.

　순간 갑작스럽게 나타난 거대한 손이 민규의 머리통을 휘감았다. 민규의 입에서 단말마 같은 비명이 새어 나왔다.

　"한민규 이 자식, 아직 2번도 시작하지 않았는데 네 멋대로 3번을 쓰셨겠다? 내 수업을 무시하겠다 이거냐?”

머리를 짓누르는 엄청난 악력은 헤더로 단련된 민규로서도 도무지 당할 재간이 없어 보였다.

“으아아, 선생님, 선생님!”

“순서대로 합니다, 한민규 선수. 알겠지요?”

머리에서 현 선생의 손이 떨어지자 민규는 붉게 달아오른 얼굴을 연신 흔들었다.

학생들은 묘한 표정으로 민규를 바라보았다. 한 학기 동안 엎드려 잠만 자던 녀석이 갑자기 성실히 수업에 참여하는 것도 모자라 코믹한 장면까지 연출하는 이 상황에 어떻게 반응해야 할지 갈피를 잡지 못하는 눈치였다.

“자, 이제 파트너랑 관심 분야에 대해 이야기를 나눠 봅니다. 파트너 활동지에 있는 내용을 받아 적는 게 아니라 상대방의 말을 집중해서 듣고 구체적인 정보를 캐냅니다. 이번 수행평가 이름이 뭐였는지 기억하지?”

현 선생이 활동지에 적힌 ‘2인3각’ 쪽을 가리켰다.

“이번 수행평가에서 가장 중요한 건 어디까지나 협력이야. 혼자 쓰는 게 아니라고. 대화로 파트너를 이해하는 과정을 통해 최상의 결과물을 낼 주제를 선정한다. 알겠지요?”

민규가 머리를 만지며 현우에게 물었다.

"저게 무슨 말씀이시지? 너도 축구 좋아하고, 나도 축구 좋아하면 그냥 축구로 정하면 되는 거 아니야?"

현우는 꼬박꼬박 존댓말을 하는 민규의 말투가 재미있었지만 내색하지 않고 답했다.

"축구도 축구 나름이니까."

"축구 나름?"

"그래, 축구하는 걸 좋아하는 사람 중에는 보는 건 별로 안 좋아하는 사람도 있거든. 직접 하는 것보다 보는 걸 더 좋아하는 사람도 있고."

"엥? 그래?"

민규는 이해할 수 없다는 표정이었다.

"심지어 축구 보는 걸 좋아한다는 공감대가 있다고 해도 막상 대화해 보면 진전이 안 될 수도 있어. 예를 들면 해외 축구 좋아하는 사람 A는 K리그에 전혀 관심이 없고, K리그만 보는 B는 해외 축구를 전혀 몰라. 이 경우 A나 B나 축구 보는 걸 좋아한다는 공통점이 있어도 의외로 대화가 잘 안 풀리겠지."

민규가 "오." 하고 턱을 쓰다듬었다.

"각각 다른 방식으로 축구를 즐길 수 있다는 거구먼."

그러고는 손가락을 탁 튕기고는 현우 쪽으로 몸을 기대 어깨동무를 했다. 향긋한 섬유유연제 향이 불현듯 코끝을 스쳤다.

"역시 전교 1등 내 친구! 듬직해!"

"저기, 아직 친구까지는 아니지 않……."

"야, 같은 반이면 친구지, 뭐. 그렇게 따지면 못쓴다."

민규가 자세를 고쳐 앉고는 말을 이었다.

"나는 초등학교 4학년 때부터 축구를 했고 지금도 축구를 하고 있어. 우리 학교를 반드시 전국 우승팀으로 만들 거야. 축구는 보는 거랑 하는 거 다 좋아해. 축구 게임도 좋아하고. 자, 질문해."

'질문……해?'

현우는 훅 치고 들어온 민규의 자기소개 타임에 당혹스럽긴 했지만 금방 정신을 차렸다. 문제 상황을 냉정하게 분석하고 현실적인 문제 해결 방식을 찾아내는 게 자신의 장기가 아닌가.

'좋아, 그럼 질문해 볼까?'

"좋아하는 팀은?"

"레알 마드리드."

민규가 즉답했다.

"PL은 안 봐?"

“보긴 보는데 제일 좋아하는 팀은 레알 마드리드.”

“왜?”

“제일 세니까. 챔피언스 리그 우승을 제일 많이 한 팀이잖아. 난 센 팀이 좋아.”

‘내가 좋아하는 팀은 맨체스터 시티인데, 일단 좋아하는 팀이 다르니까 이건 포기하고. 좋아하는 선수는 음바페라고 했지? 나는 케빈 더 브라위너 같은 플레이메이커를 좋아하는 편인데 얘는 스트라이커를 좋아하는구나. 그러면 선수 분석도 그다지 좋은 주제는 아니겠고…….’

여러 복잡한 사고가 현우의 머릿속에 펼쳐지고 있었다. 그때 민규가 말했다.

“너 축구 전술에는 관심 없냐?”

“응? 전술?”

“넌 똑똑하니까 그런 데 관심 있을 거 같아서.”

“……”

그때 현 선생이 툭툭 칠판을 두드렸다.

“자, 서로의 관심사에 대해서는 충분히 이야기 나눴지? 이제는 ‘우리의 관심 분야’란을 채워 보자. 그로부터 주제도 끌어내고. 여기에서 주의할 점! 단순하게 둘 다 관심 있는 분야라는 이

유만으로 주제를 선정하면 안 돼. 보고서의 양이나 질을 고려해야지. 여러분 수준에 맞지 않는 주제를 선정하면 보고서의 양도 질도 담보할 수 없으니까. 자, 힘을 내 봅시다!"

현 선생이 말을 마치자 곧바로 현우가 활동지에 '축구 전술'이라고 썼다.

3. 둘의 관심 분야를 고려하여 주제를 선정해 보자.

'우리'의 관심 분야	축구 전술

⬇

'우리'의 주제	

"역시 내 생각이 맞았어! 너도 축구 보면서 전술 분석하고 그러냐?"

민규의 물음에 현우가 고개를 저었다.

"딱히 그런 건 아닌데, 이참에 공부해 볼까 싶어서. 관심은 있었는데 여유가 없었거든. 요즘 축구 전술이 굉장히 다양하고 복잡하잖아. 보고서 주제로 꽤 괜찮다고 생각해. 축구선수인 네가 접근하기도 쉬운 주제 같고.”

“뭐야, 나 생각해 주는 거냐?”

민규가 눈을 게슴츠레 뜨고는 느끼한 말투로 말했다.

‘이런 친화력과 능청스러움은 대체 어디서 나오는 거지?’

현우는 생각했다.

“근데 실은.”

민규가 검지로 관자놀이를 긁었다.

“나 전술은 잘 몰라.”

“뭐? 너넨 전술 공부 안 해?”

“우리야 뭐 감독님께서 시키시는 대로 하는 거지. 부숴라 하시면 부수고, 지켜라 하시면 지키고. 전술 공부할 기회는 솔직히 별로 없어.”

민규가 의자에 등을 기대고 팔짱을 끼며 말을 이었다.

“근데 이렇게 무식하게 해서는 한계가 있겠다 싶더라고.”

학기 초 민규는 입학 전에 입은 부상으로 훈련에 참여하지 못했다. 경기장 밖에서 선수들이 뛰는 것을 보다가 문득 깨달았다. 자신을 비롯한 선수들이 감독의 전술에 대한 이해가 떨어진다는 사실을. 훈련의 의도를 모르고 시키는 대로만 하다 보니 실제 적인 효과가 떨어졌다. 그렇다고 감독이나 코치가 팀의 전술에 관해 개인적으로 지도해 주는 것도 아니었다. 그날부터 민규는 훈련을 마치면 따로 영상을 찾아보며 전술을 공부했다. 민규가 수업 시간마다 엎드려 자던 이유가 이것 때문이었다. 잠이 부족 했던 것이다.

민규가 활동지 3번 빈칸에 현우를 따라 '축구 전술'이라고 적 으며 말했다.

"근데 여름방학 끝나고부터는 그만뒀어. 무릎이 나았거든. 훈 련에 집중해야 하니까 잠을 못 자면 안 되잖아."

"어쨌든 나보다는 훨씬 잘 알겠네. 이론에다 실전 경험도 많을 테니까."

"야, 난 머리가 딸리잖냐. 솔직히 말하면 무슨 말인지 하나도 못 알아먹겠더라."

민규가 손사래를 치자 현우가 피식 웃으며 말했다.

"그럼 주제는 이렇게 하자. '해외 유명 축구감독의 전술적 특 징 분석.'"

"그럴듯한데? 안첼로티랑 과르디올라랑 전술 분석하고 막 그 런 거도 들어가냐?"

현우가 고개를 끄덕였다.

"오, 척 하면 착 나오는구먼! 역시 전교 1등! 너만 믿는다!"

민규가 "여." 하면서 현우 쪽으로 주먹을 내밀었다.

현우는 멀뚱히 그 주먹을 바라만 보았다.

"이런 거 모르냐? 주먹 부딪히는 거야."

민규가 시범 보이듯 양 주먹을 서로 맞부딪친 후에 오른손을 다시 현우 쪽으로 내밀었다. 그러고는 어색하게 들어 올린 현우의 주먹에 자기 주먹을 맞추고는 만족스러운 듯 활동지에 현우가 불러 준 주제를 받아 적었다.

하굣길, 현우를 발견한 고양이 듀엣 무산이, 유산이가 야옹대며 곁으로 다가와 벌러덩 드러누웠다. 자기 배를 쓰다듬으라는 듯이. 현우는 홀린 듯 그 곁에 쪼그려 앉아 부드럽게 배를 쓰다듬었다.

'너무 거창한 주제인가. 에이, 어쨌든 한민규는 현직 축구선수잖아. 아무리 모른다고 해도 나보다야 낫겠지.'

그러나 현우가 마음을 놓은 것은 단순히 민규가 축구선수라서가 아니었다. 민규는 현우가 지금껏 타인이 쉽사리 넘어오지 못하게 쳐 놓은 금을 칭찬과 유머라는 부드러운 방식으로 사뿐히 넘어와 버린, 신기한 아이였다. 여태 만나 보지 못한 새로운 인간형의 등장에 현우의 가슴 어딘가에서 은근한 기대감과 긴장감이 몽글몽글 피어올랐다.

'이게 현스터의 큰 그림인가?'

고양이들이 만족의 '골골송'을 부르는 오후였다.

여러분만 보고서를 쓸까? (검지를 흔들며) 천만에 말씀. 선생님도 여러분의 부모님도 직장에서 매일 쓰는 게 보고서다. 그러니까 보고서 쓰는 법을 배워 두면 평생 써먹을 수 있다고. 자, 이제 보고서의 쓸모에 관한 이야기를 들려줄 테니 잘 들어 봐.

보고서는 글쓴이가 어떤 목적을 가지고 실시한 조사, 관찰, 실험, 연구 등의 과정 또는 결과를 객관적인 언어로 정리할 목적으로 쓰는 글(교육과학기술부, 2008)이야. 다시 말해 '내가 한 일', '내가 알아낸 사실', '내가 생각한 대책'을 명확하고 체계적으로, 또 간결하게 정리해 남에게 전달하는 문서지.

사회에 나가면 제군은 타인과 여러 정보를 주고받을 거야. 이때 내 생각을 정확하고 쉽게 설명하는 글쓰기 능력은 성공의 열쇠가 되기도 해.

제군, 세계적인 기업 아마존에서 직원들에게 요구하는 소양이 뭔지 알아? 바로 글쓰기 능력이야. 아마존에서는 회의를 할 때 파워포인트를 쓰지 않는다는군. 대신 6페이지짜리 서술형 문서를 작성하지. 명확하고 논리적인 글은 문제를 정확히 분석하게 도와줄 뿐만 아니라 구성원 모두가 같은 이해를 기반으로 의사결정을 할 수 있도록 돕는다고 보는 거야. 이런 글쓰기 능력을 가장 잘 배울 수 있는 게 바로 보고서 쓰기란 말씀.

어때? 보고서를 좀 열심히 써야겠다는 생각이 들지? 요컨대 보고서 쓰기는 단순한 글짓기 수업이 아니라, 여러분이 앞으로 싸워 나갈 세상에 대비해 설득력과 전달력이라는 무기를 연마하는 훈련이야. 대입 논술의 기본기를 다지기에도, 또 대학 논문 이수, 취업, 경제 활동에도 아주 큰 도움이 될 거고. 뭐? 연애는 해당 사항이 없냐고? 당연히 있지. 아까 선생님이 뭐랬지? "설득력과 전달력." 이건 인간관계의 고갱이예요, 고갱이. 사물의 중심. 믿거나 말거나 보고서 잘 쓰는 사람이 연애도 잘한다. 그러니까 화이팅하자고!

이제 보고서 주제를 선정할 때 유의할 점을 알아보자.

① **주제의 명확성 및 구체성** 광범위하거나 모호한 주제는 탐구 과정에서 초점이 흐려질 수 있다. 되도록 구체적이고 명확한 주제를 선정하도록. 민규가 쓴 '축구'를 보고 '축구 전술'로 구체화한 현우의 시도는 그래서 칭찬받을 만하지.

② **참고문헌의 접근성** 학생들을 지도해 보면 아이디어는 참신한데 막상 보고서로 구현해 내지는 못하는 경우가 왕왕 있어. 대부분 참고할 자료를 찾지 못해서였지. 참고문헌에 접근할 수 없으면 결괏값을 내지 못해. 해당 주제의 자료가 충분한지를 꼭 살펴보라고.

③ **탐구 과정의 흥미와 지속성** 각자의 관심 분야를 적고 서로 이야기를 나누라고 한 이유가 바로 세 번째 요소, 탐구 과정의 흥미와 지속성 때문이야. 뭐든 재미있어야 깊게 빠질 수 있는 법! 가장 흥미로운 분야를 골라야 지치지 않고 계속할 수 있어.

주제를 선정했다면, 어떤 유형의 보고서가 주제에 적합할지 따져 봐야겠지? 자, 다음 표를 보도록.

보고서의 유형

조사 보고서	문헌 조사, 인터넷 검색, 인터뷰, 설문 조사 등을 통해 얻은 정보를 바탕으로 내용을 정리한 보고서. 예 청소년의 스마트폰 사용 실태와 영향
답사 보고서	특정 장소를 직접 조사하고 관찰하여 얻은 정보를 바탕으로 작성한 보고서. 예 한옥마을 답사를 통해 본 전통 건축
관찰 보고서	어떤 대상이나 일이 시간이 지나면서 어떻게 변하는지 경과를 살펴보고, 그 기록을 정리한 보고서. 예 학교 텃밭 식물의 성장 과정
실험 보고서	어떤 문제에 대한 가설을 세운 뒤, 그 가설의 타당성을 검증하기 위해 실험을 계획하고 수행한 과정을 체계적으로 기록한 보고서. 예 온도에 따른 음식물 쓰레기 분해 속도의 차이

현우와 민규는 아마도 '조사 보고서'를 쓰게 되지 않을까 싶은데 말이야. 이 두 녀석을 지켜보면서 보고서 쓰는 법에 관해 더 배워 보자고.

방향 잡기
"너 T냐?"
STAGE
3

다빈치의
인체
비례도는····
쿨~

콕
콕

저거
너 닮았다!
흥!
인간
혼자
할래
주현
우
바보

무
시
!

현우는 혼자 있는 것을 좋아한다. 아니, 정확히 말하면 혼자 있는 걸 불편하게 여기는 스타일이 아니다. 몇 시간씩 묵묵히 책을 보아도, 홀로 식당에서 밥을 먹어도 그다지 고통스럽다거나 지루하지 않다. 혼자 하는 일은 무엇이든 자신 있게 할 수 있다.

'역시, 혼자가 나은 걸까.'

민규가 활동지에 써 놓은 글을 보고 현우는 생각했다. 이것이 정녕 고등학교 1학년 학생의 글인가. 문법도, 맞춤법도 엉망이었다. 문장과 문장 사이의 맥락도 불분명했다. 이걸 일일이 고치느니 혼자 하는 게 수십 배는 효율적이겠다.

— 이번 교육과정에서 중시하는 게 '협력적 소통 역량'이랑 '공동체 역량'이고, 학생부 종합 전형에서 이걸 주요하게 본다고 되어 있잖아.

현 선생의 이 말만 아니었다면 축구밖에 모르는 이 바보 녀석은 진작에 버려두고 혼자 써 내려갔을 것이다. 혼자서라면 이런 보고서쯤은 2~3일이면 완성할 수 있다.

괴발개발 쓴 글씨로 활동지를 채워 두고 자신만만한 표정으로 앉아 있는 민규. 현우는 그런 민규를 쳐다보며 '협력적 소통 역량, 공동체 역량, 협력적 소통 역량, 공동체 역량'을 염불 외듯 중얼거렸다.

국어 수행평가 〈2인3각 보고서〉 연구 목적 구체화	학번	261310
	이름	한민규

주제	해외 유명 축구감독의 전술적 특징 분석
연구 목적	축구는 재밌고 축구는 많은 사람들이 조아하는 스포츠고 그래서 축구를 나도 조아하는 것 같다 축구선수니까 축구 전술을 연구하고싶다 그리고 유명한 감독님들의 전술도 연구하고싶다
예상 독자	선생님
연구 방법	선생님 말씀 잘 듣고 현우와 같이 열심이 연구할 것이다
연구를 하며 알아볼 내용	되도록 과르디올라, 무리뉴, 안첼로티 같은 감독님들의 전술을 분석하고싶다 책을 찾아 열심이 볼 것이다

“왜? 이거 문제 있냐?”

‘그런 순수한 표정으로 당연한 걸 묻지 말라고!’

현우는 그렇게 외치고 싶은 심정이었지만 차분하게 말했다.

“어디서부터 손을 대야 할지 감이 안 오는 정도랄까?”

“너 T냐? 뭔 놈의 팩폭을 그리 사정없이 한대?”

민규의 불평은 들은 체도 하지 않은 채 현우는 민규의 활동지를 자신의 책상 위로 끌어당겼다.

“너, 왜 유명 축구감독의 전술을 연구하고 싶은 건데?”

민규가 머리를 긁적였다.

“그거야, 음, 선생님께서 수행평가를 내 주셨으니까?”

“설마 그걸 보고서에 그대로 쓸 건 아니지?”

“안 되냐?”

“응, 안 돼.”

현우가 단호하게 말했다.

“오케이. ‘축구를 좋아하고 그래서 축구를 알고 싶고 그래서 축구를 공부하고 싶다.’ 이건 어때?”

“그걸 그대로 보고서에 쓸 건 아니지?”

“이것도 탈락이냐?”

“응.”

“아, 왜!”

“이 자식들이 사이좋게 토의하라니까.”

불쑥 다가온 현 선생의 솥뚜껑 같은 손이 민규의 머리통을 잡고 마구 흔들었다.

“으어어.”

“어디 보자. 야, 민규. 이 짧은 글에 접속 부사가 대체 몇 개냐?”

“접, 접속 부사요?”

“그래. ‘그래서’, ‘그리고’ 같은 거. 이건 또 뭐야. ‘-고’ 같은 연결 어미도 너무 많잖아. 문장력이 형편없구먼! 게다가, 아무리 그래도 그렇지. ‘조아하는’은 뭐고 ‘열심이’는 또 뭐냐? 띄어쓰기도 엉망이고. 마침표 찍는 것부터 다시 한다, 시작!”

그리고 곁에 있던 현우의 어깨에 커다란 팔뚝을 척 걸고는 나직하게 내뱉었다.

“알지? 협력적 소통, 공동체 역량.”

“……”

“잘 좀 해 봐. 이 정도는 조금만 가르치면 금방 좋아진다고.”

“선생님, 그게 말처럼 쉬운 게 아니…….”

“아이고. 우리 반장이 왜 나를 부르실까?”

현우의 말이 채 끝나기도 전에 현 선생은 현우의 어깨를 툭툭 치고는 부르지도 않은 영택 쪽으로 걸어갔다.

"아, 머리 쪼개지는 줄 알았네."

민규가 양손으로 머리를 매만졌다.

수행평가고 뭐고 다 때려치우고 싶지만 현 선생의 뜻을 거역할 수는 없었다. 저 왕팔뚝에 목숨을 잃기에는 너무 이른 나이이지 않나. 현우는 치밀어 오르는 화를 주워 삼키고 다시 펜을 들었다.

"문장은 나중에 보고 일단 하던 얘기를 마무리하자. 네가 축구를 좋아하니까 더 깊이 알고 싶다는 건 이해했어. 근데 연구 목적은 좀 더 구체적이어야지."

"구체적? 좀 더 길게 쓰라고?"

"구체적으로 쓰면 내용이 길어지긴 하는데, 길게 쓴다고 꼭 구체적이라고 할 수는 없어."

민규가 머리를 긁적였다.

"아, 선생님께 당할 때보다 더 머리가 아프네. 좀 알아듣게 얘기해 봐."

"연구 목적에는 이 연구를 통해 독자에게 무엇을 전달하려는지 드러나야 하지 않을까? 여기서 중요한 포인트는 보고서가

‘객관적 글쓰기’라는 점이고. ‘축구를 좋아하니까, 나는 축구선수니까 축구감독의 전술을 연구하고 싶다.’라는 건 일기라면 모를까 보고서에 적합한 목적은 아니라는 거야.”

“음, 그런 거였구먼. 아!”

민규가 ‘예상 독자’라고 적힌 부분을 손가락으로 짚고 물었다.

“그래서 이게 있는 거냐?”

현우가 고개를 끄덕이자 뭔가를 깨달았다는 듯, 손가락을 탁 튕기고는 제가 쓴 부분을 지우개로 지웠다.

“네 말대로라면 예상 독자를 선생님으로 잡으면 안 되겠네. 그렇다면……”

현우는 펜을 들고 무언가를 끄적이고 있는 민규를 가만히 바라보았다.

‘처음 하는 공부라더니 받아들이는 게 습자지처럼 빠르네.’

이윽고 민규가 활동지를 현우 쪽으로 내밀고는 특유의 자신만만한 표정을 지은 채 팔짱을 꼈다.

“오, 이거 누구 머리에서 나온 거냐?”

크고 굵은 목소리가 다시 들이닥쳤다. 현 선생이 어깨너머로 활동지를 읽고 있던 모양이다.

“오호, 축구 전술이라. 신선한데? 이 아이디어, 민규 네 거냐?”

연구 목적	~~축구는 재밌고 축구는 많은 사람들이 좋아하는 스포츠고 그래서 축구를 나도 좋아하는 것 같다 나는 축구선수로써 축구감독의 전술을 연구하고 싶다 그리고 유명한 감독님들의 전술을 연구하고 싶다~~ 축구 전술을 익혀서 우리 반 아이들에게 가르쳐준다.
예상 독자	~~선생님~~ 우리 반 학생

"네, 선생님, 접니다."

민규가 가슴을 탕탕 쳤다.

"봐, 현우! 민규 이 자식, 가능성 있다고 했잖아."

현 선생의 목소리에 앞에 앉은 두 학생이 뒤를 돌아봤다.

"오, 축구!"

"축구 전술이 주제라고?"

두 아이가 설레발치자 미어캣처럼 고개를 내민 아이들이 삽시간에 민규와 현우 쪽으로 몰려들었다.

"자, 자, 일단 각자 보고서에 집중하자고!"

현 선생이 솥뚜껑 손을 휘둘러 어수선한 분위기를 제자리로
돌려놓았다.

'이 정도 호응을 얻을 줄 몰랐는데, 괜찮네.'

현우 입에 걸린 작은 미소를 간파한 민규가 씩 웃었다.

"네가 생각해도 이거 괜찮냐?"

"응. 나쁘지 않아. 조금만 손보면 말이야."

연구 목적	현재 해외 프로축구 리그에서 활약하고 있는 감독의 전술에 대한 연구를 통해 학생들의 축구 전술 이해도를 높인다.

"오, 역시 전교 1등. 길게 썼네. 이게 '구체적'이라는 거야?"

"구체적으로 쓴다는 건 그 글을 읽는 독자가 내용을 머릿속에
쉽게 그릴 수 있게 쓴다는 거야. 네가 처음에 쓴 '축구선수니까
축구 전술을 알고 싶어서 축구 전술을 연구한다.'보다 고쳐 쓴
'우리 반 학생들에게 축구 전술을 가르쳐 주기 위해서 축구 전술

꺾이지 않는 글쓰기

을 연구한다.'가 훨씬 구체적이지."

"그럼 내가 이미 구체적으로 썼다는 말인가? 나도 모르게?"

"그렇지. 나는 거기에 좀 더 구체성을 더했고. '축구 전술을 익혀서 우리 반 아이들에게 가르쳐 준다.'랑 '유명 축구감독의 전술을 연구해서, 학생들의 축구 전술 이해도를 높인다.' 이 둘의 차이가 뭘까?"

vs.

"말이 좀 더 어려워졌다?"

"그것도 그렇네. 근데 잘 봐. 연구 목적은 이 연구가 '독자'에게 미칠 영향을 따져 보는 거야. 왼쪽이 글쓴이의 입장만 드러내는 반면, 오른쪽은 독자의 효용까지 밝히고 있어. 그러니까 왼쪽보다는 오른쪽이 더 구체적인 느낌을 주는 거고."

"오케이, 이해했어."

“읽는 사람 입장을 생각해 글을 쓰면 대체로 이렇게 길어지곤 해. 이해하기 쉽게 전달하려다 보니까. 아까 내가 한 말 기억하지?”

“응, 길게 쓴다고 꼭 구체적이라고 할 수는 없지만 구체적으로 쓰다 보면 길어질 수는 있다는 말. 그게 이 뜻이었구나.”

현우는 고개를 끄덕이는 민규를 바라보며 자기도 모르게 또 미소를 지었다. 누군가와 함께 과제를 하는 건 여전히 어색하지만 자신으로 인해 누군가가 변화하는 모습을 보는 건 꽤 즐거웠다. 현우는 방금 그 뜻밖의 사실을 어렴풋이 깨닫게 된 것이다.

그때 현 선생이 칠판을 두드렸다.

“둘러보니 연구 목적까지는 다들 정리된 것 같네. 자, 제군. 여기 보세요.”

연구 방법의 종류	1. 설문 조사 2. 면담 조사 3. 현장 답사 4. 책이나 논문을 통한 문헌 조사 5. 인터넷 검색 6. 기타

“연구 방법도 가지가지죠. 먼저 1번 설문 조사. 보통 통계 수치가 필요한 연구에 자주 쓰이지. 설문지를 어떻게 구성할지 고민하는 게 가장 어렵고 중요해. 2번, 면담 조사는 흔히 ‘인터뷰’라고 해. 알맞은 면담 대상자를 선정해 알찬 질문지를 구성하는 것이 관건이야. 3번, 현장 답사. 주제에 따라 현장을 찾아가 조사할 수도 있겠지? 4번, 책이나 논문을 찾아 읽는 건 가장 고전적인 방식이지만 신뢰도가 매우 높은 방식이에요. 너희는 별로 안 좋아하겠지만.”

이 말에 아이들이 피식거렸다.

“근데 말이야. 너희가 가고픈 대학이라는 곳은 말이다. 책 읽는 학생을 매우 매우 원한단 말이죠. 왜 그런지 알아?”

“문해력이 중요하기 때문입니다.”

반장 영택이 큰 소리로 대답했다.

“맞아. 문해력! 아주 중요하지. 근데 이번에는 이론을 떠나서 솜 너 현실적으로 생각해 보자. 대학에서는 다들 뭘로 공부할까? 구글? 유튜브? 챗GPT? 아니면 네이버일까요?”

피식피식 웃는 소리 가운데 “책이요!”라는 대답이 들려왔다.

“맞아. 과학이 발전함에 따라 지식을 확충하는 방법은 여러 변화를 겪었어. 그럼에도 대학에서 공부하는 어른, 다른 말로 석사, 박사 님들은 인류의 지식이 담긴 책이라는 도구를 이용하는 장인들이야. 대학은 그런 장인을 키워 내는 공간이고. 그러니 책 잘 읽는 학생을 싫어할 이유가 전혀 없겠지요?”

“하지만 대학은 시험 잘 보는 학생을 가장 좋아하는 거 아닙니까?”

“그 질문! 다소 건방지지만 아주 날카로웠다, 용환!”

다혈질 부반장 용환이 제기한 반론에 현 선생이 장난스러운 말투로 답했다.

“그건 시험 점수가 높은 학생은 책을 읽고 활용하는 능력도 우수하다고 여기기 때문이야. 수능이나 내신 성적이 우수하면 대학에서의 학문 수행 능력도 좋지 않을까 기대하는 셈이지. 과연 그럴까요? 그런 생각에 오류가 있긴 하겠지만, 문해력이 낮은 학생이 성적이 높기 어려운 건 맞아. 결국 대학 입장에서는 합리적인 판단이라고 생각할 수 있지 않겠어?”

몇몇 학생은 이해한다는 듯 고개를 끄덕였지만 몇몇은 고개를 갸우뚱거렸다.

“한편 문해력이 높은 데 비해 성적이 덜 나오는 학생이 있겠지? 그런 학생들을 선발하기 위해 학생부 종합 전형이라는 게 있는 거야. 숫자라는 객관적 지표에 의한 정량 평가에서 벗어나,

글로 적힌 학교 선생님의 의견을 학생 선발에 반영하겠다는 취지라고. 이제 이 수행평가의 의미를 알겠습니까? AI가 쓴 글을 제출한 너희의 행동이 얼마나 한심한 짓이었는지 아시겠느냐 이 말입니다. 그런 몰지각한 행위를 한 너희에 대해 내가 어떤 평가를 할 수 있었겠냐고요, 이 무지한 녀석들아!"

모두들 뜨끔한 반응이었다. 장난스러운 말투였지만 언중유골이라는 사실을 모를 만큼 눈치 없는 학생은 없었다.

"어떤 조사 방법을 활용해도 좋아. 하지만 참고문헌이 없으면 감점이야. 책 한 권도 참고하지 않은 보고서는 보고서로서 자격이 없으니까. 자, 이제 연구 방법을 논의해 보자고. 시작!"

"선생님 말씀을 들어 보니……."

민규가 활동지의 '연구 방법' 쪽을 가리켰다.

"왠지 이것도 이렇게 쓰면 안 될 거 같은데."

연구 방법	선생님 말씀 잘 듣고 현우와 같이 열심이 연구할 것이다

“눈치 빠른 편이네.”

“운동선수 짬이 있잖니. 눈치 없으면 운동 못 한단다.”

티 없이 순수한 민규의 미소는 상대를 무장 해제 시키는 재주가 있었다.

“자, 연구 방법은 뭐로 할래?”

현우의 주도로 ‘해외 유명 축구감독의 전술적 특징 분석’ 보고서 연구 방법에 대한 논의가 이어졌다. 내로라하는 해외 축구감독의 전술을 분석한 책은 도서관에서 얼마든지 구할 수 있었다. 그중 몇 권을 참고하여 보고서의 큰 골격을 세우기로 했다. 분석할 감독은 반 애들에게 설문지를 돌려 선정하기로 했다. 설문지 구성은 현우가, 배부와 수집은 민규가 맡았다. 설문 방식은 종이 설문지 대신 인터넷 서비스를 활용해 보기로 했다. 이번 기회에 ‘최신 문물’을 배워 보겠다고 민규가 고집했기 때문이다.

초등학교 때부터 축구선수로 활동한 터라 학교 공부는 등한시한 민규라지만, 학습 의욕이나 적극성은 웬만한 학생들보다 뛰어났다. 무식하다며 엄살을 부리기는 해도 이해력이 좋고 습득 속도가 빨랐다. 무엇보다도 겸손하고 상대를 존중하는 태도가 몸에 배어 있었다. 상대가 없는 자리에서도 꼬박꼬박 존댓말을 쓰는 것도 예의 바른 태도의 반영일 테지. 낯선 이들과 함께

꺾이지 않는 글쓰기

하는 작업이 어색한 현우에게 민규는 최적의 파트너였다.

교실 창밖 멀리, 어느새 나타난 무산이가 고양이 세수를 하던 유산이를 건드려 장난을 건다. 유산이는 도망가던 무산이를 쫓아가 함께 땅바닥을 뒹군다. 외로움을 타지 않는다던 고양이가 친구와 함께 노는 광경을 현우는 가만히 바라보았다.

물론 혼자가 편하다. 하지만 둘이 하는 작업이 즐겁다는 사실을 조금은 인정할 수밖에 없었다.

참고문헌은
왜 중요한가?

참고문헌이란 책, 논문, 기사, 영상 자료 등 보고서를 쓰는 과정에서 토대가 되는 자료나 기록물을 뜻해. 글쓴이가 얼마나 성실한 자세로 주제 연구에 임했나 보여 주는 척도지. 참고문헌 리스트만 봐도 글쓴이가 어떤 범위와 수준의 자료를 접했는지 알 수 있거든. 그러니 보고서를 평가하는 입장에서는 참고문헌이 굉장히 중요한 참작 요소란 말씀.

여기서 밑줄 쫙. 참고문헌 수집은 보고서의 질을 좌우하는 첫 단추다. 제군, 참고문헌은 잘 고르기 쉽지 않으니까 잘 따라오도록.

좋은 참고문헌의 조건

먼저 주제에 밀접한 키워드를 뽑아. 이 키워드를 검색어로 활용할 거니까. 자, 이제 여러분은 검색어라는 말에 습관적으로 포털 사이트나 유튜브 창부터 열고 싶겠지? 그런데 말이야…….

▶**신뢰성** 참고문헌의 기본은 출처가 분명해야 한다는 점이야. 저자, 발행 기관, 발행 연도가 명확한 자료가 바람직하겠지. '정부 기관 보고서'와 '출처 불명 블로그 글' 중에서 어떤 게 신뢰성이 높을까? 국내 도서나 논문은 '국가자료종합목록', 'RISS(학술연구정보서비스)', '네이버학술정보' 사이트를, 해외 도서나 논문은 구글 스칼라(Google Scholar)에서 찾기를 권해.

▶**적합성** 이렇게 찾은 자료를 전부 독파하는 건 불가능해. 그러니까 무작정 자료를 파고들기 전에 여러분의 보고서 주제와 밀접한 내용인지부터 확인할 것. 책은 머리말, 맺음말, 차례에서, 논문은 초록을 통해 이를 파악할 수 있어.

참고문헌을 찾는 데 AI를 활용할 수 있을까?

참, 우리 오지라퍼 용환이가 묻더군. AI로 보고서를 쓰지는 않더라도, 자료를 찾을 때 AI를 활용하는 건 괜찮지 않겠느냐고.

하여간 꾀돌이 녀석이지? 영리하고 정직하게 쓸 방법만 있다면 선생님도 말리지 않겠어. 다만 생성형 AI의 거짓말(할루시네이션, AI가 허위 정보를 제시하는 것.)이 함정이 될 수 있다는 걸 잊지 마라, 알겠나?

그러니까 AI에 프롬프트(지시문)를 입력할 때, 꼭 정보의 출처를 함께 제시하라는 단서를 답시다! 제공받은 정보의 원 출처를 내 눈과 뇌로 직접 확인해야만 진정한 참고문헌이라 할 수 있지. 퍼플렉시티(Perplexity)처럼 자료의 출처를 자동 표시하는 프로그램도 있으니 참고하길.

참고문헌 작성법

책

- **단독 저자일 경우**: 저자, 『책 제목』, 출판사(출판연도)
  ㉮ 정민철, 『축구 전술 가이드』, 삼전사(2019)
- **공동 저자일 경우**: 저자 외, 『책 제목』, 출판사(출판연도)
  ㉮ 정민철 외, 『축구 전술 가이드』, 삼전사(2019)
- **번역서일 경우**: 저자, 역자, 『책 제목』, 출판사(출판연도)
  ㉮ 기타노 겐이치, 강민주 역, 『축구 전술 한 권으로 끝내기』, 그날미디어(2023)

논문

- **학위 논문**
  저자, 「논문 제목」, OO대학교 석사(박사) 학위논문, 발행연도
  ㉠ 홍길동, 「홍길동전의 교육적 활용 연구」, 율도대학교 박사 학위논문, 2009

- **학술지 논문**
  저자, 「논문 제목」, 『학술지명』, 권(호수), 학회명, 출판연도
  ㉠ 홍길동, 「홍길동전의 교육적 활용 연구」, 『율도평론』, 논문집 25(2), 길동연구회, 2009

그 밖의 경우

- **신문 기사**
  기자, 「기사 제목」, 신문사명, 발행일자, 면수
  ㉠ 홍길동, 「홍길동의 호부호형을 허할 건가?」, 율도신문, 2025년 8월 9일자, 3면

- **인터넷 기사**
  기자, 「기사 제목」, 신문사명, 작성일자, 링크 주소
  ㉠ 홍길동, 「홍길동의 호부호형을 허할 건가?」, 율도닷컴, 2025년 8월 9일, "http://yul.com/asdfghjkldlfks"

- **동영상 자료**
  채널명(사이트명), 「영상 제목」, 게시연도, 링크 주소
  ㉠ 홍길동TV(유튜브), 「아버지를 아버지라 부를 수 없어요?」, 2022, "http://www.youtube.com/asdfghjkldlfks"

취재의 기술
호기심 훈련
STAGE
4

토마토맛 토
VS.
토맛 토마토

츤데레 무산
VS.
애교 짱 유산

손흥민 못 씀
VS.
김민재 욕함

기
권

2인3각 보고서 쓰기 세 번째 시간. 민규는 현우의 노트북 화면을 보고 혀를 내둘렀다.

"이걸 혼자 다 준비한 거야?"

'감독별 전술 소개표'라는 제목으로 여섯 감독의 이력과 전술 특징이 깔끔하게 정리되어 있었다.

"설문지 구성은 내가 맡기로 했잖아."

민규가 주말 리그를 치르는 동안 현우는 도서관에서 축구 분야 책을 쌓아 두고 필요한 정보를 찾았다. 해외 명장들의 전술을 다룬 책은 워낙 많아서 쓸 만한 정보를 선별하느라 애를 썼다. 지나치게 전문적이라 현우의 수준에서 직관적으로 이해하기 어려운 책은 일단 제외했다. 언젠가는 전문 축구 서적도 읽고 이해할 수준에 도달하면 좋겠지만 그건 어디까지나 개인적인 목표. 이번 보고서, 특히 이 설문지 구성이라는 목적에는 어울리지 않았다. 한두 감독만 집중적으로 파고드는 책도 제외했다. 설문지에는 감독에 관한 정보를 되도록 간단하고 단순하게 제공할 생각이기 때문이다. 단, 본격적으로 보고서를 작성할 때에는 도움이 될 수 있으므로 참고문헌 리스트 파일에 도서명을 기록해 두었다.

제아무리 쉬운 책이라도 기본적인 축구 용어에 관한 이해가 없이는 읽어 내기 힘들다는 사실을 새삼 느꼈다. 그래서 포메이션이나 각 포지션 등 설문지 내용을 파악하는 데 필수적인 지식을 설문지 앞부분에 간략하게 정리했다. 해외 축구를 챙겨 보는 소위 '축덕'이 아니라면 생소할 용어도 자제했다. 그와 별개로 현우는 볼란치, 인버티드 풀백, 메짤라 같은 전문 용어를 다룬 책들을 마구 탐독했다. 알아 두면 보고서 쓸 때 도움이 될 거라고 스스로 변명했지만, 실은 이번 주말에 열릴 맨체스터 시티와 아스널 경기를 더 재미있게 볼 수 있을 것 같다는 기대감 때문이었음을 부정할 수 없다.

"펩 과르디올라, 위르겐 클롭, 디에고 시메오네, 율리안 나겔스만, 조제 모리뉴, 카를로 안첼로티라."

"레버쿠젠을 무패 우승시킨 사비 알론소도 넣고 싶었는데, 자료가 너무 없어. 직접 분석하기에는 내 능력이 부족하고."

"이 정도면 들어갈 사람은 다 들어갔네. 근데 안지 포스테코글루는 없냐?"

"손흥민 제대로 못 쓰는 감독. 급이 안 맞아."

"토마스 투헬은?"

"김민재 욕한 감독은 자질 부족이야."

둘은 크큭, 하면서 웃었다.

“그래서 이걸로 뭘 할 건데?”

“독자들이 누구의 전술을 가장 궁금해하는지 알아보는 게 목적인데, 뭔가 좀 허전하단 말이지. 질문을 몇 개 추가할까 싶어. 그래서 말인데, 설문 대상에 관해 내가 뭘 궁금해해야 할까?”

“궁금하면 궁금한 거지. 궁금해해야 하는 건 또 뭐냐?”

“지금까지 많은 보고서를 쓰며 느낀 건데 ‘이게 궁금해!’ 하고 자연스럽게 떠오르는 궁금증은 거의 없었어. 오히려 내가 뭘 궁금해해야 하는 건지를 고민하는 게 더 효율적이었달까?”

그때, 잘 자란 칡덩굴이 나무뿌리를 감싸안듯 현 선생의 팔뚝이 민규와 현우의 어깨를 감쌌다. 민규와 현우가 화들짝 놀라며 현 선생 쪽으로 고개를 돌렸다.

“역시 이 녀석이 뭘 좀 아네. 민규, 너 현우한테 잘 배워라.”

“네, 네!”

“좀 덧붙여 볼까? 저기 희균이랑 우재 한번 봐라.”

희균과 우재는 학급에서 그림 잘 그리기로 유명한 아이들이다. 둘 다 일본 만화와 애니메이션에 관해 빠삭했다. 특히 희균은 독학으로 일본어를 배워 일상 회화가 가능한 정도였고 그에 자극받은 우재도 최근 일본어 공부를 시작했다고 한다.

“쟤네 주제는 ‘애니메이션 〈진격의 거인〉 속 성벽에 관한 철학적 고찰'이라지. 너희는 그런 주제로 쓸 엄두가 나냐?"

"〈진격의 거인〉이 뭐냐?"

민규가 현우를 보고 고개를 저었다.

"봐, 너희는 〈진격의 거인〉이 뭔지 모르는데, 쟤네는 그 작품의 '세계관'에 관해 궁금해하고 있다고. 아주 자연스럽게. 왜냐? 쟤들은 애니메이션에 관심이 많거든. 평소 관심 있는 분야나 자신이 잘 아는 분야에 관한 호기심은 자연스러운 거야. 근데 문제는 보통 사람은 호기심이 자연스럽게 샘솟을 정도로 관심 있고 잘 아는 분야가 매우 한정되어 있다는 거야. 모르는 분야에 호기심을 가져야 개인의 세계가 확장될 텐데, 잘 모르는 분야에 관한 궁금증이라는 건 자연스럽게 돋아나질 않는단 말이야. 민규, 그렇다면 어떻게 해야겠냐?"

"훈련……입니까?"

"그렇지. 호기심도 결국 훈련이야. 네가 '주발'이 아닌 왼발을 연습하듯이 잘 모르는 분야에 관한 호기심도 계속 떠올려 보는 연습을 해야 해, 오케이? 난 간다. 현우, 잘하고 있어!"

현 선생은 그 말을 끝으로 희균과 우재의 자리로 건너갔다.

"늘 뒤에서 갑자기 나타나시니까 좀 무섭다."

갑자기 들이닥친 현 선생을 확인하고 놀라는 희균과 우재를 바라보며 민규가 속닥이자, 현우도 고개를 끄덕였다.

"아무튼, 이제 왜 궁금해해야 하는지는 알겠어. 그래서 네가 찾은 궁금해해야 하는 건 뭐야?"

민규의 물음에 현우가 학급 아이들을 쭉 둘러보며 말했다.

"설문 대상이라고 하면 우리 반 아이들이잖아. 우리 보고서의 목적 기억하지?"

"당연하지. 여기 있네. '현재 해외 프로축구 리그에서 활약하고 있는 감독의 전술에 대한 연구를 통해 학생들의 축구 전술 이해도를 높인다.'"

민규가 손가락으로 활동지를 짚으며 대답했다.

"응. 이걸 토대로 생각해 봤지. 우리의 예상 독자가 지닌 축구 지식은 어느 정도일까? 축구에 얼마나 관심이 있을까? 그런 게 궁금하더라고."

"흠, 그치. 그런 걸 알아야 보고서 수준을 정할 수 있겠네."

"맞아. 자료 조사하면서 느낀 건데, 정보를 어느 정도까지 다뤄야 할지 고민이 되더라고. 아이들 수준을 모르니까 확신을 할 수가 없었어. 그래서 우리 설문지에 축구 지식을 묻는 설문을 넣으면 좋겠다고 생각했지. 이렇게."

현우가 '설문지 초안'이라는 이름의 파일을 클릭했다.

안녕하십니까. 저희는 '해외 축구 명장들의 전술 분석'을 주제로 보고서를 쓰려고 합니다. 이 설문 조사를 통해 우리 반 학생들의 축구에 관한 관심도와 선호도를 파악하여 보고서 작성에 참고하고자 하니 많은 참여 부탁드립니다.

1. 축구에 대한 관심도를 체크해 주세요.

- ☐ [나는 축빠] 유로, 프로 리그 등 축구 경기는 웬만하면 다 챙겨 보는 정도
- ☐ [축구 좀 아는 남자!] 응원하는 축구팀이 있고 경기도 챙겨 보는 정도
- ☐ [평범한 축구 팬] 손흥민이 골 넣은 경기 하이라이트 챙겨 보는 정도
- ☐ [알긴 알아] 월드컵 때 국가대표 경기 챙겨 보는 정도
- ☐ [노 관심] 축구가 뭐예요?

2. 다음 중 정확하게 답할 수 있는 것에 모두 체크해 주세요. (중복 체크 가능)

- ☐ 패널티 에어리어란?
- ☐ 골 에어리어란?
- ☐ 하프스페이스란?
- ☐ 제로톱이란?
- ☐ 쓰리백과 포백의 차이점
- ☐ 풀백 및 윙백의 차이점
- ☐ 메짤라와 볼란치의 차이점

3. 응원하는 팀이 있다면 써 주세요.

4. 응원하는 선수가 있다면 써 주세요.

5. 별첨 '감독별 전술 소개 표'를 참고하여 어떤 감독의 전술이 궁금한지 체크해 주세요. (중복 체크 가능)

- ☐ 펩 과르디올라
- ☐ 위르겐 클롭
- ☐ 디에고 시메오네
- ☐ 율리안 나겔스만
- ☐ 조제 모리뉴
- ☐ 카를로 안첼로티
- ☐ 기타 : (   )

소중한 답변 감사합니다. 여러분의 의견을 잘 반영하여 멋진 보고서를 완성해 보겠습니다. 많은 기대 바랍니다.

"질문이 있는데."

한참 설문지를 들여다보던 민규가 입을 열었다.

"뭔데?"

그러나 민규는 고개를 저었다.

"열심히 준비했는데 초 치는 것 같아서 말 안 할래."

"왜, 뭔데?"

"말해도 되냐?"

"당연하지. 네 의견 들으려고 보여 주는 거야. 아니었으면 나 혼자 하고 말았지."

"삐치지 마라."

"뭔 말 하려고 이래?"

"5번이 어떤 의미가 있을까 싶단 말이지."

"의미?"

"애들의 축구 이해 수준이 높은 경우에는 괜찮을 것 같아. 근데 만약에 펩 과르디올라를 모르는 아이라면 어쩌냐?"

일리 있는 지적이었다. 현우는 제 나이의 남학생이면 펩이나 클럽 감독 정도는 알 거라고 생각했다. 편견에 사로잡힌 생각임을 민규가 지적한 것이다.

"펩 정도는 그렇다 쳐. 우리나라에는 프리미어 리그 팬이 제일 많잖아? 근데 스페인 라리가, 레알 마드리드도 아닌 아틀레티코 마드리드 감독을 아는 애가 몇 명이나 있을까? 선택을 받을 가능성이 낮지. 그럼 시메오네의 전술은 소개할 수가 없잖아. 내가 제일 좋아하는 감독인데.”

“…….”

민규의 말에 현우는 모니터만 응시할 뿐이었다.

“야, 삐쳤냐? 봐, 내가 말 안…….”

“야!”

현우가 민규의 말을 끊었다.

“계획을 바꾸자.”

“응? 무슨 계획? 우리 보고서 엎자고?”

“아니, 설문지 용도를 바꾸자고. 독자의 선호를 보고서에 반영하면 애들의 흥미를 끌 수 있을 거라 생각했는데, 네 말을 듣고 보니 부작용이 더 크겠어. 우리 보고서 목적은 해외 유명 감독의 전술을 독자에게 소개하는 거잖아. 근데 선호도나 인지도에서 밀려 진짜 중요한 전술가를 다루지 못하면 이 보고서의 취지에 어긋나잖아?”

그러고는 선호하는 감독을 묻는 5번 문항을 지웠다.

“이 설문 조사는 우리 반 아이들의 축구 이해 수준을 파악하는 정도로만 쓰자.”

“그것만 해도 되겠냐? ‘감독별 전술 소개 표’를 그렇게 정성껏 만들고는. 안 아까워?”

“필요 없으면 빼는 거지.”

“역시, 확실해.”

“뭐가?”

민규가 손가락으로 현우를 가리킨 뒤, 양팔로 T를 만들었다.

“그런 비과학적인 분류, 동조할 생각 없다.”

“그것도 T 단골 멘트지. 선생님께서 AI 쓰지 말라고 하셨는데, 너랑 같이 보고서를 쓰는 건 괜찮으려나?”

“나 인간이거든.”

“못 믿어.”

“그러시든가.”

현우가 콧방귀 뀌는 듯한 표정을 지어 보이고는 다시 노트북 화면으로 시선을 돌렸다.

“그럼 이걸로 구상 마무리한다?”

“이제 설문지 만들어서 링크를 공유하면 된다는 거지?”

“응, 담임 쌤이 그랬어.”

“좋아, 이번 기회에 컴맹 탈출하겠어!”

불안한 마음이 없지 않았지만 저렇게나 적극적으로 나서는데 현우로서는 말릴 재간이 없었다. 여러모로 번거로울 설문 조사에 선뜻 나서 준다는 것이 고맙기도 했다.

현우의 불안과는 달리 민규의 설문 조사는 빠른 시일 내에 마무리되었다. 온라인 플랫폼을 쓰는 방법은 고사하고 회원 가입부터 해야 했던 민규로서는 뜻밖의 선방이라고 할 만했다. 시간을 쪼개어 열심히 공부하고 조사한 덕이다. '축구'가 주제인 만큼 많은 학생이 기꺼이 설문에 참여해 준 것도 큰 힘이 되었다.

현 선생이 우렁찬 목소리로 수업을 시작했다.

"자료 수집 두 번째 시간이지? 지금까지 수집한 자료를 정리하고 부족한 것이나 미흡한 부분을 보충하는 시간으로 활용하자. 질문 있으면 언제든지 날 부르고. 생각보다 친절하게 가르쳐 줍니다!"

'굵은 핏줄이 꿈틀대는 거대한 팔뚝이랑 친절은 너무 거리가 멀지 않나.'

현우가 이런 생각을 할 때 민규가 말을 건넸다.

"주현우, 내가 보낸 설문 조사 결과 봤어?"

"어, 봐……."

“어때? 도움이 좀 됐냐? 그걸로는 부족하겠냐?”

“아니, 충…….”

“처음이라서 어떨지 모르겠네. 괜찮았어? 뭘 수정할까?”

“물었으면 대답이라는 걸 들어야 하는 거 아닐까?”

민규는 칭찬을 듣고 싶어하는 아이 같은 눈망울로 현우를 바라보고 있었다.

“좋았어. 집계도 잘된 것 같고. 덕분에 우리 예상 독자의 수준을 적확하게 파악할 수 있었지.”

“정확하게 아니냐?”

“적확하게 맞아. 사전에 있어.”

“그래? 전교 1등은 쓰는 말도 다르네.”

민규가 팔짱을 낀 채 턱을 잡고 천천히 고개를 끄덕였다.

“됐고. 우리 반 서른다섯 명의 축구 관심도는 대강 이 정도야.”

현우가 민규 쪽으로 노트북 화면을 내밀었다.

“풀백과 윙백의 차이점을 응답한 건 네 명이니까 대략 10퍼센트? 하프스페이스를 아는 사람은 다섯 명, 메짤라와 볼란치의 차이점을 안다고 응답한 사람은 두 명밖에 없어. 중복 응답이 가능하니까 어느 정도 축구 지식을 갖추고 있는 사람은 네다섯 명이라는 거지. 이걸 토대로 봤을 때 전문 용어를 지나치게 많이

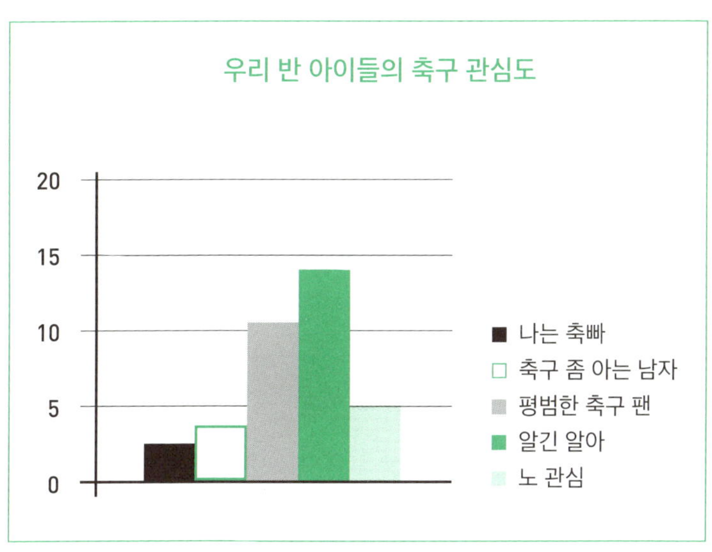

쓸 필요는 없지 않을까 싶어. 감독의 이력이랑 주로 쓰는 포메이션, 전술적 특징, 주요 경기 정도를 다루면 될 것 같아."

민규가 고개를 끄덕였다.

"좋네. 감독은 누구를 다룰 거야?"

"펩, 클롭, 시메오네, 안첼로티. 네가 다루고 싶은 감독 있어?"

"존경하는 시메오네 감독님이 포함됐으니 불만 없습니다!"

민규가 장난스레 넉살을 피웠다.

"그럼 이 감독들에 관해서 자료를 더 모아 보자. 저번에 도서관에 갔더니 자료가 엄청나더라고. 어차피 너도 전술 공부에 관심 있다고 했으니까 자료 좀 살펴봐 줘.”

“으, 책이랑 안 친한데.”

민규가 머리를 긁적이면서 말을 이었다.

“책으로만 하면 좀 심심할 것 같지 않냐?”

“그럼 다른 아이디어 있어?”

현우가 반문했다.

“저번에 선생님께서 말씀하신 연구 방법의 종류 중에 우리는 설문이랑 문헌 조사를 쓰기로 했잖아. 그런데 설문 조사가 애초에 계획한 분량보다 훨씬 줄어 어째 좀 심심하다 이거지.”

“그래서?”

“그래서, 이 형님이 아이디어를 냈다 이거야.”

“뜸 들이지 말고 얘기해 줄래?”

“아, 역시나 넌…….”

“T네 뭐네, 하지 말고.”

“오, 이제 내 생각까지 읽냐? 주AI?”

‘민규 이 녀석, 글쓰기보다 나 놀리는 실력이 더 빨리 느는 거 같은데?’

“그 아이디어란 바로!”

“…….”

“맞혀 봐.”

“보고서 나 혼자 쓴다.”

“쳇, 재미없긴.”

현우의 싱거운 반응에 민규가 투덜거렸다.

“바로 인터뷰!”

“인터뷰?”

“우리 팀 코치님 섭외했다, 이 말씀!”

주말 리그를 치르면서 민규는 축구팀 코치에게 인터뷰에 응해 줄 수 있느냐고 넌지시 물어보았다. 본래는 감독을 섭외하려 했지만, 그런 부탁을 꺼내기에 선수와 감독의 사이는 너무 멀었다. 그 사이를 부드럽게 잇는 역할을 하는 사람이 김용래 코치였다. 그는 큰형 같은 리더십으로 감독과 선수 사이의 소통을 도왔다. 게다가 김용래 코치의 공식 직함은 전력 분석관 겸 피지컬 코치. 축구 전술을 연구한다는 보고서 목적에도 딱 맞는 사람이다.

방과 후, 현우는 축구부 코치를 만나기 위해 민규를 따라 축구 부실로 찾아갔다. 처음 가 본 축구부실은 땀 냄새가 진동할 거라는 현우의 생각과 딴판이었다.

“생각보다 깨끗하지?”

현우가 고개를 끄덕였다.

"코치님이 약간 결백……? 뭐라 그러냐. 그거?"

"결벽증?"

"어, 맞아. 운동부실에 땀 냄새 나는 걸 못 견디셔. 샤워 안 하거나 운동복 안 빨아 오면 경기 못 뛰어."

'그래서 이 녀석한테 섬유 유연제 향기가 났구나.'

그때 누군가가 부실로 다급히 들어왔다. 김 코치였다.

"여, 민규. 그리고 네가 현우냐?"

현우가 꾸벅 고개를 숙였다.

"이 자식이. 어른을 보면 '안녕하십니까?' 해야지. 다시 해 봐."

"안녕하십니까?"

민규가 현우의 뒤통수를 잡아 고개를 숙이게 하면서 큰 소리를 내자 현우도 얼떨결에 따라 했다.

"그래, 나도 반갑다. 근데 미안. 친구까지 데려왔는데 약속을 못 지키겠다."

"예?"

"영천이랑 규현이가 부상이래. 햄스트링이랑 어깨. 코칭스태프 전원 소집 명령이 떨어졌다. 시간 내기가 쉽지 않겠어."

현우는 민규와 코치가 주고받는 대화를 들으면서 인터뷰 말고 다른 걸 준비해야겠다고 생각했다.

“현우라고 그랬지? 너한테도 미안하다야.”

“아, 아닙니다.”

“아니긴. 한껏 거들먹거렸을 게 뻔한 민규의 체면을 생각해서라도 내가 책임을 져야지.”

그러고는 명함 하나를 꺼내 민규에게 건넸다.

민규가 말없이 명함을 받아들자 현우의 눈길도 따라갔다.

‘무산FC 감독 이전호’

민규와 현우의 눈동자가 부딪쳤다. 설마 ‘전호볼’의 그 이전호?

“이 감독님 연락처다. 대학 때 내 스승님.”

2부 리그 꼴찌 팀이던 무산FC 감독에 취임해 프로감독 데뷔 2년 만에 2부 리그 우승과 1부 승격, 2년 차에 리그 3위로 아시아 챔피언스 리그 출전권을 거머쥔 이전호 감독. 대한민국에서 가장 트렌디한 전술을 구사한다는 그의 연락처가 현우와 민규의 손에 들어온 것이다.

‘일이 점점 커지네.’

처음부터 예상대로 진행되는 게 하나도 없는 수행평가였지만 이제는 정말 걷잡을 수 없는 방향으로 흘러가고 있었다.

제군, 설문 조사 많이 응해 봤지? 설문 조사는 한 사람, 한 사람 일대일 인터뷰하지 않고도 빠른 시간 안에 방대한 데이터를 수집할 수 있어. 한마디로 효율성이 높은 연구 도구지. '구글 폼(Google Forms)'이나 '네이버 폼(Naver Form)' 같은 온라인 서비스를 활용하면 자료 취합과 통계 분석, 그래프 생성도 굉장히 편리해.

이제 설문 조사에 관한 기초 지식을 짚어 보자. 몰랐겠지만 설문 조사에도 일정한 양식이 있고, 유의할 점이 있어. 이것만 알면 그럴듯한 설문지를 만들 수 있으니 집중!

설문지를 구성하는 다섯 단계

1단계	조사 주제 정하기: 무엇을 알아보고 싶은지 명확히 하기 예 청소년의 독서 습관
2단계	가설 세우기: 예상되는 결과는 무엇인지 생각해 두기. 예 "고등학생의 독서량은 월 평균 1권 이하일 것이다."
3단계	대상 정하기: 누구에게 설문할지 정하기 예 같은 학년, 전교생 등
4단계	질문 만들기: 주제와 관련된 질문 5~10개 만들기
5단계	문항 형식 정하기: 객관식, 주관식, 척도형 중 선택하기

5단계 속 문항 형식은 아래 예를 보면 금방 이해할 거야.

객관식	"한 달에 책을 몇 권 읽나요?" ① 0권 ② 1~2권 ③ 3~5권 ④ 6권 이상
주관식	"한 달에 책을 몇 권 읽나요?" ( )권
척도형	"스마트폰 사용 시간이 길다고 느끼나요?" ① 전혀 그렇지 않다 ② 그렇지 않다 ③ 보통이다 ④ 그렇다 ⑤ 그렇지 않다

① **설문 조사의 목적 밝히기** 응답자에게 무엇을 알아보기 위한 조사인지를 명확하게 밝혀 줘야 해. 현우의 설문지를 보자. '이 설문 조사를 통해 우리 반 학생들의 축구에 관한 관심도와 선호도를 파악하여 보고서 작성에 참고하고자 하니'라고 설문 조사의 목적을 직접적으로 밝히고 있지? 응답자가 '대체 이걸 왜 하는 거야?'라는 생각이 들지 않아야 설문의 참여도가 높아진다, 오케이?

② **문항은 명료하고 간결하게** 모호한 질문을 하지 말 것. 문장이 너무 길어도 안 돼. 특히 한 문항에 두 가지 이상을 묻는 것은 절대 피해라! 예컨대 '축구를 잘 알고 좋아하나요?'라는 질문은 이중 질문이지? '축구를 잘 알고 있나요?'와 '축구를 좋아하나요?'로 나눠서 질문하라는 거야.

③ **응답 방식은 다양하게** 목적에 따라 객관식, 주관식, 척도형 등을 골고루 활용하는 것이 설문의 다양성을 확보하는 팁이다. 현우네 설문지를 보면 축구에 대한 관심도를 알아보는 1번 질문은 척도형, 2, 5번은 선택형, 나머지는 주관식이지. 참, 객관식일

경우에는 현우처럼 중복 응답 가능 여부를 꼭 표시하도록!

④ **결과는 정직하게** 기대하지 않은 결괏값이 나오면 데이터를 조작하고 싶다는 욕구가 치밀 거야. 카암 다운. 이때는 여러분 스스로 예측에 실패했음을 겸허히 인정해야 해.

현우네는 설문 조사 전에 5번 문항을 빼고 활용 목적을 미리 수정하는 거 봤지? 이렇게 미리 꼼꼼하게 결괏값을 예상해 보고 대안을 마련하면 기대하지 않은 결괏값으로 당황하는 걸 예방할 수 있어.

⑤ **감사의 표현은 잊지 않기** 우리는 설문 조사에 응해 달라고 부탁하는 입장임을 잊어서는 안 돼. 귀중한 시간을 내어 준 응답자에게 감사를 표하는 건 최소한의 예의가 아닐까 싶다.

⑥ **응답자의 개인 정보를 지켜 주기** 이름이나 학번 같은 응답자의 개인 정보는 되도록 수집을 자제해야 해. 꼭 필요하다면 반드시 동의를 구해야 하고. 응답 내용은 연구 외의 목적으로 활용하지 않는다는 문구도 추가하고 그 약속을 지킬 것.

뼈대 구성
사슴과 바늘구멍
STAGE
5

그들에게 무슨 일이…?
철썩!
짝!

주말 리그를 치른 뒤 훈련도 없는 방과 후 운동부실. 침묵 속에 시계 초침만 째깍대고 있었다. 고요를 깬 건 김 코치였다.

"내가 전화해 주는 건 아니야. 너희가 직접 섭외해야 해."

"예? 저희가 어떻게 감히……. 어휴, 전 못 해요."

민규가 고개를 저었다. 현우 역시 난감하긴 마찬가지였다. 대한민국 프로팀 최고의 감독이 일개 고등학생 수행평가를 위해 인터뷰를 해 줄 리가…….

"그분 까칠한 거, 너희도 아는구나?"

민규와 현우가 동시에 고개를 끄덕였다.

"근데 그건 언론에 비친 모습일 뿐, 생각보다 따듯하신 분이야. 팬들 소중히 여기고. 내가 알기론 감독님이 아마 애들도 좋아하실걸?"

"그럼 코치님께서 직접 연락해 주시면 되잖아요. 아무래도 저희보다는……."

"아이코!"

김 코치가 민규의 말을 자르더니 손목시계를 쳐다봤다.

"벌써 시간이 이렇게 됐네. 그럼 난 가 볼게. 열심히 해라. 완성되면 나도 꼭 보여 주고."

휙 하고 나가는 김 코치의 뒷모습을 보며 현우가 말했다.

“방금 저 코치님. 먼저 네 말부터 자르고 나서 시계를 봤어.”

“응, 나도 봤어.”

민규도 황망한 표정으로 김 코치가 나간 문을 바라보았다.

“너희 코치님도 이전호 감독님이 무서운 거 아닐까?”

“아무래도……, 그래 보이지?”

둘은 동시에 한숨을 푹 쉬었다.

‘갑자기 현역 프로팀 감독이라니……. 역시 이 인터뷰는 포기해야 하는 걸까?’

현우는 생각했다. 그때였다.

“아자! 아자!”

갑자기 민규가 소리쳤다.

“뭐야? 놀랐잖아.”

“야, 내 뺨 좀 딱 때려 줘라.”

“뭐라는 거야? 내가 네 뺨을 왜 때려?”

민규가 자기 손으로 본인 뺨을 두어 번 때렸다. 짝, 짝. 어찌나 세게 치는지 소리가 운동부실을 메아리칠 정도였다. 그러고는 현우 쪽으로 몸을 돌렸다.

“자, 때려.”

“싫어.”

“아, 그러지 말고. 정신 좀 차리게.”

“아이.”

현우가 민규의 뺨을 살짝 치자 민규가 다시 자기 뺨을 때리며 이 정도 세기로 다시 쳐 달라고 했다. 민규의 볼은 이미 벌겋게 달아올라 있었다.

짝.

민규의 고집을 꺾지 못한 현우가 마지못해 뺨을 쳤다. 민규는 고개를 빠르게 흔들더니 현우를 보며 말했다.

“해 보자.”

“뭘? 섭외?”

“까짓것 질러 보지. 내가 언제 이전호 감독님을 만나겠냐?”

“축구장에서 만나겠지. 너 축구선수잖아.”

“어림없어. 솔직히 나 정도 선수는 발에 챌 정도로 많지. 내 이름이 이전호 감독님 귀에 들어가는 건 사슴이 바늘구멍에 들어기기보다 어렵다고.”

“낙타겠지.”

민규가 헛기침을 하고는 말을 이었다.

“아무튼 해 보자. 전화를 해 봐야 안 받으실 거 같으니까, 메일부터 보내 보자. 구단 인스타그램으로 DM도 날려 보고. 그래도 안 되면 깨끗하게 포기하자고.”

현우는 간혹 잊곤 했다. 자신의 파트너가 현역 운동선수라는 것을. 그것도 매일 운동장을 전력으로 뛰어다니며 온몸으로 부딪히는 거친 운동을 하는 녀석이라는 것을. 저 넉살 좋은 성격과 털털한 미소 뒤에 숨겨진 승부욕과 저돌성 없이 지금까지 축구 선수로 버틸 수 있었을 리 없다. 빨갛게 달아오른 민규의 뺨 앞에서 현우는 두 손을 들 수밖에 없었다.

현우와 민규가 도움을 청하기 위해 찾아간 사람은 현 선생이었다. 현 선생은 교무실로 직접 찾아와 사정을 이야기하는 둘의 모습을 보고 한참 웃었다.

“그래서, 이전호 감독을 섭외하는 걸 도와 달라 이거야?”

“네, 시작을 어떻게 해야 할지 모르겠어요.”

현우의 말에 민규가 거들었다.

“저는 그냥 막 들이대고 싶은데, 현우 말로는 그렇게 하다가 인터뷰 안 해 주면 어떻게 할 거냐고 하더라고요. 예의를 갖춰야 한다면서.”

“당연하지, 이 녀석아. 상대는 대한민국 프로팀 감독이라고. 그것도 K리그 감독상을 두 번이나 수상한. 그럼 얼마나 바쁘겠냐? 그 사람한테 들어오는 인터뷰 요청은 너희 거랑은 급이 달라요, 급이.”

현우와 민규가 동시에 한숨을 쉬었다.

“그래도,”

현우가 입을 열었다.

“해 보고 싶어요. 시도라도.”

그 말에 현 선생의 눈빛이 살짝 변했다.

“흠, 이메일을 보낼 거라고? 주소는?”

“민규네 코치님께 명함을 받았어요. 구단에 전화해서 알아봤더니 그 주소로 보내면 감독님도 읽을 수 있대요.”

“이야, 이 적극적인 모습. 성장하고 있어, 주현우!”

현 선생이 흡족한 미소를 지으며 현우의 등을 팡, 팡 하고 두어 번 쳤고 그때마다 현우의 몸은 심하게 휘청거렸다.

“김 코치 소개라는 변수가 있다 하더라도 유명인 인터뷰 섭외는 쉽지 않아. 평범한 고등학생이 이 감독 같은 사람을 인터뷰하려면 진심이 먼저 전해져야 해. 너희가 이 인터뷰에 얼마만큼의 진정성을 가지고 있는지를 잘 보여 줘야 한다고.”

‘진정성이라. 어떻게 해야 진정성을 보여 줄 수 있을까? 이 보고서의 시작은 국어 수행평가였다. 자발적으로 시작한 것이 아

5. 뼈대 구성

니기에 인터뷰의 목적 자체로 진정성을 보여 주기는 힘들다. 이 감독을 만나고 싶다는 마음의 간절함을 보이는 것은? 그것도 마땅치 않다. 엄밀히 말해 해외 축구감독의 전략을 분석하는 보고서에 국내 감독의 인터뷰가 꼭 필요한 건 아니다. 게다가 이 감독은 우리나라 최고의 프로팀 감독 아닌가? 그와의 만남을 간절하게 바랄 팬들은 수두룩할 것이다.'

이런저런 상념에 젖어 있던 현우를 깨운 것은 현 선생의 질문이었다.

"너희의 강점이 뭔지 아냐?"

"민규가 현역 축구선수라는 거요?"

현우의 말에 현 선생이 피식하고 코웃음을 쳤다.

"그건 오히려 마이너스지. 축구선수가 프로감독을 사적으로 만나고 싶어 한다? 이게 어떻게 해석될지는 너무 뻔하잖아."

그러고는 민규의 어깨를 툭 치며 말을 이었다.

"네가 그런 의도를 가지고 있다는 건 아니니까 오해하지 마. 난 너의 순수한 의도를 100퍼센트 이해하고 있으니까."

틀린 말이 아니었다. 모든 아마추어 축구선수는 프로선수가 되기 위해서 노력한다. 그러나 고등학생과 대학생 축구선수 중 K리그에 선발되는 선수는 1부와 2부를 모두 포함해도 1퍼센트

가 채 되지 않는다. 연령별 대표로 차출될 만큼 특출한 선수가 아니라면, 프로 구단 산하 유스팀이 아닌 무산고 같은 일반 고교 선수라면, 수단과 방법을 가리지 않고 감독의 눈에 들어야 그나마 실낱같은 희망이라도 생기는 것이다.

"너희의 장점은 '순수함'이야."

"순수함이요?"

민규의 말에 현 선생이 고개를 끄덕였다.

"사람을 움직이는 가장 큰 무기가 바로 순수함과 진정성이거든. 근데 이 둘이 만나면? 이건 무적이야. 제아무리 큰 산 같은 사람이라도 움직이지 않을 도리가 없지."

"근데 그걸 어떻게 보여 주지요?"

현 선생은 민규의 물음에 답하는 대신 지금까지의 보고서 진행 과정에 관해 물었고, 현우는 설문 조사 결과와 보고서의 대략적인 내용을 말해 주었다.

"좋네, 일단 보고서는 현재 너희 계획대로 써."

"그럼 인터뷰는요?"

현우가 묻자 현 선생이 손바닥을 휘휘 저었다.

"어차피 너희 최초 계획은 인터뷰가 아니었잖아."

"그건 그렇지만……."

“아쉬운 마음은 이해가 가는데, 아직 준비가 덜 됐어. 이대로 유명한 감독을 섭외하는 건 맨땅에 헤딩이라고. 이마 깨진다.”

현우와 민규의 얼굴에서 아쉬움과 난감함을 읽어 낸 현 선생이 슬쩍 미소를 지으며 말을 이었다.

“인터뷰를 하지 말라는 게 아니고. 보고서를 다 쓰고 이 보고서를 섭외 도구로 삼는 거야. 보고서를 메일로 쏴라고. 그리고 이렇게 말하는 거야. ‘우리가 이 정도로 축구에 미쳐 있습니다. 감독님도 축구에 미쳐 계신 걸로 알고 있습니다. 감독님과 축구에 관한 이야기를 미치도록 나누고 싶습니다!’ 대신 이게 설득력을 지니려면 보고서에 축구에 관한 진정성이 철철 묻어나야 해. 그래야 너희의 순수한 의도를 보여 줄 수 있어.”

“오, 멋져!”

그 말에 금세 흥분한 민규가 주먹을 꽉 쥐며 소리쳤다. 아까의 아쉬워하는 표정은 온데간데없었다. 민규처럼 흥분하진 않았지만 현우도 현 선생의 계획이 설득력이 있음을 인정했다. 하지만 여전히 찜찜한 게 있었다.

‘보고서를 섭외 도구로 쓰고 나면 인터뷰 내용은 보고서에 못 쓰잖나? 그렇다면……’

“너, 인터뷰 내용은 어디다 쓰나 고민하는 표정이다?”

현 선생의 말에 깜짝 놀란 현우가 자기도 모르게 살짝 뒷걸음질 쳤다. 저 현스터는 사람 마음을 읽는 귀신임이 틀림없다.

"그건 수행평가 이후 후속 활동으로 구성하면 되지. 추가 보고서를 쓰든 발표회를 하든. 이 감독 인터뷰 섭외만 된다면야 뭐든 아이디어가 나오지 않겠냐? 너희가 어떤 방식을 기획해 오든 무조건 지원해 주마."

교무실을 나오는 길에 민규가 말을 꺼냈다.

"괜한 일을 저질렀나 싶네. 미안하다."

"뭐가?"

"인터뷰. 네 의견도 안 묻고 코치님께 요청했잖아. 이럴 줄 알았으면 그냥 처음 계획대로 가는 건데."

현우가 갑자기 걸음을 멈췄다. 뒤늦게 알아챈 민규가 현우 쪽을 돌아봤다.

짝.

현우가 느닷없이 자기 뺨을 때리더니 민규 쪽으로 성큼성큼 걸어왔다.

"야, 너 뭐 하는……."

짝.

민규의 말이 끝나기도 전에 현우의 손바닥이 민규의 뺨에 차지게 달라붙었다.

"미안하다는 말 하지 마. 게임은 이제부터 시작이니까."

"이 자식, 어디서 본 건 있어 가지고."

민규는 벌겋게 달아오른 뺨을 어루만지며 웃었다.

"이거 되게 아프네."

현우도 제 뺨을 문지르며 웃었다. 자기 손이 이렇게 매운지 지금껏 알지 못했다.

"대신 정신은 번쩍 든다. 이제 정신 차리고 다시 시작하자. 이렇게 된 이상 대충 쓸 수 없지. 보고서 멋지게 써서 이전호 감독 꼭 섭외하고 만다. 꼭 만나러 가자, 이전호 감독!"

"오, 뭐지! 이 기대고 싶어지는 박력! 테스트롱이 팍팍 느껴지네!"

"테스토스테론이겠지."

"아무튼! 좋아. 나도 책하고는 안 친하지만, 이번 기회에 친해져 보지, 뭐. 전교 1등이랑도 친해졌는데 그까짓 책 정도야."

"전교 1등은 나 말하는 거냐?"

"그럼 누구겠냐?"

매사에 정확한 걸 추구하는 현우로서는 '친하다'란 이해하기 힘든 개념이었다. 어디까지가 친한 거고 어디까지는 안 친한 건지, '친함의 기준'을 판단하기 혼란스러웠다. 그러나 현우는 지금 민규에게 '네가 말하는 친해졌다는 개념이 뭐냐?'고 묻고 싶지 않았다. 세상에는 굳이 명확하게 선을 긋지 않아도 되는 것이 있음을 느꼈으니까.

"다들 자료 조사 열심히 해 왔죠? 이번 시간에는 여러분이 조사한 자료를 바탕으로 보고서 개요를 짜자. 자, 칠판 보세요."

오늘도 현 선생의 목소리는 구령처럼 절도 있다.

"보고서 목차는 머리말, 본문, 맺음말로 구성된다. 서론, 본론, 결론도 괜찮으니까 마음에 드는 용어를 쓰도록. 머리말에는 주로 연구의 동기와 주제, 목적을 서술해. 머리말 마지막에 연구의 흐름을 간략히 소개하면 독자의 주의를 집중시킬 수 있지.

본론은 주제와 관련된 자료 및 내용을 체계적으로 제시하고 논리적으로 분석하는 부분이야. 여러분이 연구한 내용을 구체적으로 서술하면 돼.

마지막으로 맺음말. 연구 결과를 요약하거나 느낀 점, 연구의 한계와 제언 등을 제시하는 부분이다. 후속 활동 계획을 넣는 것도 좋은 방법이지. 자, 이걸 바탕으로 여러분의 보고서 목차를 작성해 보자. 어려운 거 있으면 개별적으로 질문하고. 시작!"

보고서의 개요	**머리말(서론)** · 연구 동기 · 연구 주제와 목적 · 연구의 흐름 **본문(본론)** · 연구 과정 · 연구 내용과 결과 **맺음말(결론)** · 연구 결과 요약 · 연구 소감 · 연구의 한계와 제언 · 후속 활동 계획 **참고문헌**

현우와 민규 팀의 머리말 구성은 단번에 끝났다. 애초에 '해외 유명 축구감독의 전술적 특징 분석'이라는 주제와 '현재 해외 프로축구 리그에서 활약하고 있는 감독의 전술에 대한 연구를 통

해 학생들의 축구 전술 이해도를 높인다.'라는 목적을 명확하게 설정해 놓은 까닭이다. 맺음말도 인터뷰라는 후속 활동을 설정해 둔 터라 쉽게 결론을 보았다.

문제는 본문이었다. 네 명의 감독을 선정하는 것까지는 합의했지만 구성의 순서를 어떻게 해야 할까. 명장 네 명의 주요 전술을 나열한 후에 대표 경기를 한꺼번에 소개할지, 명장의 전술과 대표 경기를 일대일로 쌍을 지어 한 명씩 소개할지 판단이 서지 않았다. 현우는 새로운 화두도 제시했다.

"전술 용어를 설명하는 방식도 고민이야. 챕터를 나누어 따로 설명할지, 아니면 각주로 달지."

"각주가 뭐냐?"

"추가 설명이 필요할 때 본문 아래에 조그만 글씨로 덧붙이는 거. 이렇게."

현우가 참고문헌 중 축구 전술 가이드북을 펼쳐 보였다. '라 볼피아나'라는 단어 오른쪽 위에 작은 글씨로 '1)'이라는 숫자가 달려 있고 그 페이지 아래에는 같은 숫자와 함께 '라 볼피아나'에 관한 설명이 덧붙어 있었다.

"아, 본 적 있어. 이걸 각주라고 하는구나."

민규가 머리를 주억이고는 본문 목차가 적힌 활동지를 가만히 들여다보았다. 그곳에는 현우가 쓴 감독 네 명의 이름 외에는 아무것도 적혀 있지 않았다. 민규가 운을 뗐다.

"나는 전술 용어를 각주로 다는 데 한 표. 따로 빼면 읽는 사람이 페이지를 뒤적거리느라 산만할 거 같아. 본문의 흐름도 경기만 따로 묶지 않는 편이 나아 보여."

"감독별로 전술과 경기를 세트로 묶어 쓰자는 거지? 왜?"

"단순하잖아. 단순한 게 알아먹기도 쉽지."

"전술 따로 모으고, 경기 따로 모으면 훨씬 정돈되어 보일걸? 이렇게 말이야."

현우는 활동지에 '1. 감독 4인의 전술', '2. 각 감독의 대표 경기'이라고 썼다. 그걸 본 민규가 '음' 하며 턱을 매만졌다.

"척 보기에는 깔끔하겠지. 그런데 나처럼 글이랑 안 친한 놈은 두 번째 단락, '각 감독의 대표 경기'를 읽을 때쯤엔 전술 관련된 첫 번째 단락 내용은 다 까먹을 거 같은데?"

일리 있는 지적이었다. 이 보고서의 예상 독자를 학급 친구들로 설정해 두었으므로 독자를 고려하는 것이 우선이었다. 현우는 독자가 읽기 쉬운 보고서를 작성하자는 민규의 의견을 십분 수용하여 보고서의 목차를 완성해 나갔다.

완성된 개요를 바라보는 민규도 만족스러운 표정이었다.

<table>
<tr><td rowspan="2"></td><td rowspan="2">국어 수행평가 〈2인3각 보고서〉

개요 짜기</td><td>학번</td><td>261301
261310</td></tr>
<tr><td>이름</td><td>주현우
한민규</td></tr>
</table>

머리말
- 연구 주제: 해외 유명 축구감독의 전술적 특징 분석
- 연구 목적: 현재 해외 프로축구 리그에서 활약하고 있는 감독의 전술에 대한 연구를 통해 학생들의 축구 전술 이해도를 높임.

본문
- 명장의 전술과 대표 경기
    - 펩 과르디올라의 전술적 특징과 대표 경기
    - 위르겐 클롭의 전술적 특징과 대표 경기
    - 디에고 시메오네의 전술적 특징과 대표 경기
    - 카를로 안첼로티의 전술적 특징과 대표 경기

맺음말
- 연구 요약 및 소감
- 아쉬운 점과 후속 활동 계획

참고문헌
『축구 전술가이드』(정민철, 민지찬, 오규환)
『축구 전술 한 권으로 끝내기』(기타노 겐이치)

5. 뼈대 구성

“자, 그럼!”

펜을 내려놓은 현우가 손을 두어 번 비볐다.

“머리말은 누가 쓸래?”

예전의 현우였다면 절대 하지 않았을 질문이다. 혼자 써 버리고 말았을 테니까. 한 사람이 지나치게 많은 일을 도맡는 것이 평가에 좋지 않다는 점을 의식해서는 아니었다. 오로지 민규와의 파트너십을 의식한 질문이었다. 진정한 파트너라면 서로 동등해야 한다. 한 사람이 지나치게 많은 일을 맡게 되면 파트너십은 붕괴되고 만다. 이것이 현우의 생각이었다.

보고서 작성이 진행됨에 따라 현우는 민규를 다소 학업 경험과 역량이 부족해 자신이 안고 가야 할 친구가 아닌, 보고서 쓰기라는 목적을 위해 협력하는 파트너로 여기게 되었다. 처음 현선생으로부터 민규의 수행평가 짝이 되어 주라는 통보 겸 부탁을 들었을 때에는 상상하지 못했던 변화가 현우에게 일어나고 있었다.

짧은 논의 끝에 머리말과 맺음말은 민규가, 본문은 현우가 쓰기로 했다. 각각 완성된 원고를 종합해 편집하고 다듬는 건 현우가 맡고 글을 전체적으로 수정하고 마무리하는 작업은 같이 진행하기로 했다.

“진짜 괜찮겠냐?”

민규가 난감한 표정으로 물었다.

“너 내 글 봤잖아. 문장은 엉망. 맞춤법은 노답. 진짜 내가 써도 괜찮겠냐고.”

“이상하면 수정하면 돼. 창작보다 수정이 쉽거든.”

“내 글은 아닐걸? 쉽지 않을 텐데.”

“일단 써 오기나 하세요.”

“어? 너 뭐냐, 그거 담임 선생님 말투 아니야?”

민규가 실웃음을 머금고 놀리듯 물었다.

“뭐라는 거야.”

실은 현우 자신도 말을 뱉은 순간 자신의 말투가 현 선생과 비슷하다는 것을 인지했다. 따라 할 만큼 좋아하는 말투도 아닌데 왜 그랬지? 현우는 도무지 이유를 알 수 없었다.

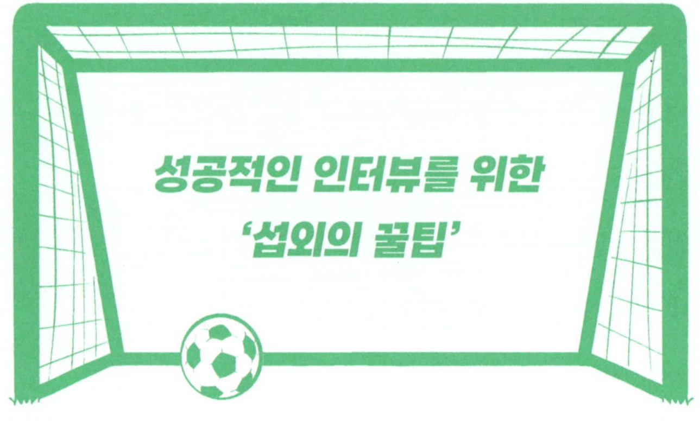

인터뷰란 다른 사람과의 대화를 통해 정보나 의견, 간접 경험을 얻는 방법이야. 요컨대 책이나 인터넷에서 얻는 정보보다 희소한 정보를 취할 수 있는 고급 정보 수집 기술이라 할 수 있어. 그래서 나 현종진은 이렇게 고하네. 제군. 챗봇의 시대에 갇히는 데 만족하지 말고 필요한 순간마다, 인터뷰를 하는 사람이 되어라. 단지 보고서를 위해서가 아니라 여러분의 삶 언제 어느 굽이에서든, 인터뷰야말로 진정한 생성형 대화라 할 수 있으니까.

좋은 인터뷰를 위해서는 '섭외', 즉 인터뷰 대상자와 약속을 잡는 과정이 중요해.

누구를 인터뷰하든 이것부터 준비하라!

① **후보 선정하기** 먼저 인터뷰 주제에 알맞은 사람을 떠올려 리스트를 작성하는 거야. 딱 한 명만 고르기보다는 여러 후보를 적어 놓고, 그중에서 누구에게 먼저 연락할지 우선순위를 정해서 순서대로 섭외를 요청하도록.

② **첫 연락할 때** 전화나 메시지를 보낼 때는 본인의 이름과 인터뷰 목적을 정확히 알려야 해. 예의 있는 인사말은 기본이겠지? 인터뷰 소요 시간이 길지 않을 거라는 점을 알려 줘서 상대의 부담을 줄여 주면 그만큼 섭외 가능성은 높아진다고.

㉦ "안녕하세요. 저는 ○○고등학교 1학년 ○○○입니다. 학교 활동으로 인터뷰 보고서를 작성하고 있는데, ○○ 주제에 대해 선생님의 고견을 듣고 싶어 연락드렸습니다. 혹시 10~15분 정도 시간을 내 주시면 고맙겠습니다. 가능한 일시를 말씀해 주시겠습니까?"

③ **인터뷰 대상 설득하기** 다른 사람이 아닌 '당신'과 인터뷰를

하고 싶어 한다는 티가 나야 해. 여러분이 상대에 대해 성실하게 조사했다는 인상을 주면 인터뷰에 응하고 싶다는 생각이 막 부풀겠지?

상대방이 걱정할 수 있는 부분(사생활 노출 등)은 조심하겠다고 미리 안내하고, 사전 질문지가 필요한지 체크하자. 하나 더, 인터뷰 내용을 어디에 어떻게 활용할지 구체적으로 고지하면 신뢰를 얻을 수 있지.

④ **최종 약속 잡기** 인터뷰 일정, 장소, 소요 시간 등을 분명하게 협의하고, 특히 전화로 섭외한 경우에는 서로 오해가 없도록 일정을 문자로 정리해 메시지를 보내 두자고. 이게 끝이 아니다. 약속한 당일이 되기 전에 문자 메시지나 이메일로 상대에게 일정을 확인시켜 주는 게 좋아. 실수를 줄이는 거지. 여러분에게 확인 메시지를 받은 당사자는 이런 생각을 할 거야. '얘네들, 제대로 하는구나.' 이런 첫 인상이 인터뷰의 성공을 좌지우지한다고.

⑤ **실패 가능성 열어 두기** 한 번에 잘 풀리지 않을 수 있음을 명심해라. 이런 때를 대비해서 후보 리스트를 작성해 둔 거 아니겠어? 실패에 굴하지 말고 계속 도전할 것!

　제군은 배우는 중이니까 과정 자체가 조금 서툴러도 웬만하면 이해받을 수 있어. 하지만 예의가 없는 건 곤란하겠지? 섭외 성공을 위한 팁 중 가장 중요한 건 상대에 대한 존중과 예의 있는 태도임을 꼭 명심하도록.

　오늘 수업은 여기까지. 다들 나만의 훌륭한 정보원을 만나는 멋진 경험을 하길 바랍니다! 이상!

쓰고 고치기
읽히도록 쓰고 싶었다
STAGE
6

너무 캄캄해!
앞이 안 보여!
악
악
!

너무 캄캄해!
그냥
일단 차!

…
아우, 악몽하고는….

　여기는 민규의 방. 모니터 창의 빈 문서 속 커서를 바라보는 민규의 머리는 지끈거렸다. 중학교 때 전국체전에서 헤더 경합을 하다 상대 이마에 머리통을 정통으로 부딪혔을 때도 이보다는 덜 아팠다. 현우가 적어 준 주제와 연구 목적에서 단 한 마디도 덧붙이지 못한 채 한 시간이 지났다. 쓸 말이 도무지 생각나지 않는다. 지금 민규의 머릿속은 코너킥 0개, 유효 슈팅 0개로 무득점 경기를 치르고 난 후의 락커룸 같았다. 시간은 벌써 10시 30분. 평소 루틴대로라면 곧 잠자리에 들어야 할 시간이다. 민규 팀이 써야 할 보고서는 A4 기준 3매 내외. 그중 머리말과 맺음말의 비중은 각각 A4 반 장씩이었다.

　'합쳐서 겨우 한 장이다. 겨우 한 장. 이것도 못 쓰냐? 이 바보 녀석아!'

　혼자 몇 번이고 되뇌며 다그쳐 봤지만 야속한 커서만이 하얀 바탕 위에서 깜박일 뿐이었다. 현우에게 연락해 볼까? 민규는 휴대폰이 놓인 침대 쪽을 바라보다 고개를 흔들었다. 이미 너무 많은 신세를 졌다. 이번 미션만큼은 자신의 힘으로 해결하고 싶었다. 그때였다.

　드르륵.

　휴대폰 진동이 울린다. 설마 현우? 민규는 역습 상황에서 상대 팀 골문을 향하는 손흥민처럼 잽싸게 침대 쪽으로 다가가 휴대폰을 잡아챘다.

이렇게 반가울 수가. 도움 없이 홀로 서리라는 결심은 현우라는 메시아의 메시지 하나에 사르르 녹아 버렸다.

마트에서 길을 잃고 헤매다 아빠를 만난 아이같이 울고 싶었다.

이 녀석은 남의 얘기라고 너무 쉽게 말하는 경향이 있다.

'누군들 안 쓰고 싶어서 안 쓰나. 뭐부터 써야 할지 모르겠으니까 못 쓰지.'

한 치 앞도 나가지 못하는 민규에게 일단 쓰라는 현우의 조언은 코딱지만큼도 쓸모가 없었다.

"됐다, 됐어."

메시아라고 생각했던 거 취소다. 실망한 민규가 휴대폰을 침대 위에 던지려는 순간 드르륵하는 진동이 길게 울렸다. 현우의 전화였다.

"뭐, 또 일단 쓰라는 말 하려고?"

민규의 뾰루퉁한 말투에도 수화기 너머에서 당연하다는 듯 "응." 하는 단호한 한마디가 넘어왔다.

"야, 뭔가 감이 와야 쓰지. 감도 안 온다니까."

"이게 축구냐? 감 따지게. 어차피 뭘 써야 하는지는 정해졌잖아. 머리말에는 주제랑 목적, 본문의 흐름. 맺음말에는 본문 내용 요약이랑 앞으로의 과제. 고민만 해서는 아무것도 못 써. 다 버릴 각오로 그냥 써야지. 전부 다 뜯어고칠 요량으로 목표한 양만큼을 마구 쓰는 거야. 그러면 진도가 나가거든. 진도가 나가는 게 보이면 더 쓸 수 있게 되더라고."

"뭐야? 넌 다 썼냐?"

"뭐, 거의."

"……."

"자냐?"

“이건 뭐, 메시한테 프리킥 어떻게 차냐고 물어보면 너처럼 얘기할 거다. 그냥 차면 된다고. 이래서 스타 감독이 실패하는 거야. 됐다. 자라.”

전화기 너머로 풋, 하는 웃음소리가 들렸다.

“야, 그거랑 같냐? 글쓰기는 축구랑 다르다고. 아무튼 이건 초안이야. 두서없이 쓴 거라 내일부터 수정해야 해. ‘창작보다 수정이 쉽다!’ 이거 현스터 쌤한테 배운 건데 맞는 말인 것 같아. 그나저나 너 내일 경기 있다고 하지 않았냐? 이제 자라.”

내일은 주말 리그를 대비한 연습 경기가 있는 날이기 때문에 더 이상 취침을 미룰 수 없었다. 어영부영 전화를 끊고 침대에 누웠다. 잠자리에 든 민규의 머릿속에서는 상대 오른쪽 윙어를 밀착 마크하라는 감독님의 지시와 창작보다 수정이 쉽다는 현우의 말이 뒤섞여 맴돌았다.

경기는 민규의 예상보다 잘 풀렸다. 아직 부상 관리 중이라 선발에서 빠졌지만 후반 20분에 교체 투입되어 지친 상대를 효과적으로 괴롭혔다. 홈경기였기 때문에 심적인 부담 없이 준비한 것을 다 보여 줄 수 있었다. 프로 수준이든 고등학생 수준이든 축구에서 홈팀의 이점은 생각보다 크게 작용한다. 이동 소요가 없기에 컨디션 조절에도 유리하고, 선수들이 경기장 상태에 관해 잘 알고 있는 것도 큰 영향을 끼친다. 무산고의 홈구장은 북쪽 오른쪽 코너 에어리어와 양측 패널티 아크 부근의 지면이 고르지 않아 공이 튀어 트래핑하기가 쉽지 않다. 잔디로 덮어 둬서 표시가 나지 않기에 늘 그 부근에서 원정팀의 실수가 나온다. 홈팀은 그런 이점을 십분 이용할 수 있었다. 민규네 코치는 좋지 않은 경기장 상태를 전략으로 활용하는 게 씁쓸하다고 푸념하긴 했지만.

오늘 경기 활약으로 리그 경기 주전은 무난히 확보했다는 판단이 들었다. 물론 국어 수행평가 성적으로 출전 자격부터 획득하고 나서 할 얘기지만. 중간·기말 고사가 바닥을 쳐서 수행평가라도 만점을 받아야 했다. 경기를 끝낸 민규는 회복할 틈도 없이 곧바로 컴퓨터 앞에 앉았다.

'일단 써 보라, 이거지? 좋아! 어차피 잃을 거 없잖아.'

이번 보고서는 해외 유명 축구감독의 전술적 특징을 분석하기 위한 보고서이다. 우리는 이 보고서에서는 해외에서 활동 중인 축구감독들의 전술이 실제로 어떤 식으로 경기에서 적용되는지를 통해 학생들이 축구 전술을 잘 이해하게 하려는 목적도 동시에 가지고 있으며, 감독의 수는 네 명이며, 그들은 펩 과르디올라, 위르겐 클롭, 디에고 시메오네, 카를로 안첼로티이다. 우리는 이 네 명의 감독들이 사용한 전술을 바탕으로 대표 경기를 분석하려고 한다.

여기까지 쓴 민규는 자신의 글을 읽어 봤다.

'못 봐주겠네, 진짜.'

어이가 없어 실소가 나왔다.

'아무리 막 썼다고 하지만 이건 좀 심하지 않나. 글이 이 모양이라도 양부터 채워 보면 어떻게든 된다 이거지?'

선수로서 민규의 가장 큰 강점은 감독의 지도가 합당하다고 판단이 들면 최대한 충실히 이행하려고 노력한다는 것이다. 남의 말을 경청할 줄 아는 태도는 민규가 지금까지 선수로서 성장할 수 있는 원동력이었다. 지금껏 현우가 보여 준 지적 능력을 토대로 판단한다면 현우의 조언은 합당할 가능성이 크다. 그렇다면 망설이지 않고 조언을 따른다.

'일단 주제랑 목적은 됐고 양을 채우려면 본문 내용을 요약하는 게 좋겠어. 자, 펩 과르디올라 감독부터. 펩이면 포지션 플레이 설명하겠지? 클롭은 게겐프레싱일 거고. 디에고 시메오네 감독은……'

민규는 자신이 알고 있는 지식을 바탕으로 현우가 본문에서 작성할 네 명의 감독이 주로 활용하는 전술에 대해 정리했다.

펩 과르디올라: 포지션 플레이

위르겐 클롭: 게겐프레싱

디에고 시메오네: 역습

카를로 안첼로티:

'안첼로티 감독은 뭐라고 해야 하지……? 해 줘 축구?'

현우는 어떻게 본문을 풀어낼까? 기껏 썼는데 민규의 생각과 다르다면 낭패다. 쓰는 건 각자 나눠 쓰더라도 어차피 한 편의 글로 묶어야 한다면 글을 쓰는 과정에서 두 사람 간 긴밀한 협의는 불가피하다는 걸 깨달았다. 민규는 얼른 휴대폰을 손에 쥐었다. 현우에게 전화를 걸려는 차에 액정 화면에 현우의 이름이 떴다.

"뭘 이리 빨리 받아? 너 핸드폰하고 있었냐?"

"아니거든. 보고서 기필 중이셨다."

"집필이겠지."

"어허허."

민규는 찌푸린 미간을 손가락으로 짚고는 어색하게 웃었다.

"아무튼, 오늘 시합은 어땠어? 못 가 봐서 미안하다. 요즘 학원 수업이 밀려서."

'이 녀석, 이런 말도 할 줄 아는 녀석이었나?'

"어? 어, 이겼지. 덕분에."

당황한 민규의 고장난 듯한 반응에 현우도 얼떨떨해 보였다.

"야, 많이 힘드냐? 내가 기대한 반응이 아닌데?"

"무슨 반응을 기대했는데?"

"음, 이것보다는 더 에너제틱하고, 좀 더 재수 없는?"

"너 어디냐? 지금 잡으러 간다."

휴대폰 너머로 피식, 웃음소리가 들렸다.

"보고서는 쓰고 있나 해서 전화했는데 집필 중이셨다니 의외네. 잘 돼 가냐?"

"안 그래도 그거 때문에 너한테 전화하려고 했는데, 야, 나 미치겠다."

"왜?"

"내가 쓴 문장, 엉망진창이야. 차마 눈 뜨고 못 보겠어. 자존감 계속 떨어진다."

"처음이니까 그렇지. 괜찮아. 수정은 내가 도와줄게."

"오호, AI인 줄 알았더니 일말의 인정은 남아 있구나!"

"일말의 인정이겠지."

"어허허."

"다른 건?"

민규는 진지한 어투로 궁금한 걸 물었다.

"너 본문 어떻게 쓰고 있냐?"

펩과 클롭, 시메오네의 전술적 특징은 민규의 예상과 비슷했다. 다만 안첼로티 감독에 대한 평가는 좀 달랐는데, 현우는 화려한 스타플레이어들을 조율하는 '덕장'으로서의 면모를 높이 평가하고 있었다. 챔피언스 리그를 수없이 우승한 감독에게 전술이 없다는 평가는 너무 박하다는 의견도 보탰다.

"그러니까 각 감독별 전술적 특징을 설명하고 그 전술이 가장 잘 드러났던 경기를 소개하는 거 맞지?"

"맞아."

"그러면서 선수 얘기도 할 거고?"

"펩의 바르셀로나 얘기하면서 메시를 뺄 수 있을까?"

"맨시티 얘기하면서 '덕배' 형님을 빠뜨릴 수도 없고 말이야."

"그렇지."

현우는 본문의 진행 과정을 무뚝뚝한 말투로, 그러나 차근차

근 친절하게 설명해 주었다. 현우의 말을 들으니 어떻게 머리말을 풀어야 할지 어렴풋하게 감이 왔다. 그러면서 민규는 좋은 글을 쓰기 위해서는 글재주보다 주제와 관련된 지식을 확충하는 것이 중요한가 보다고 생각했다.

이제야 무작정 써 보라는 현우의 의도를 이해할 수 있었다. 글에 익숙하지 않은 민규는 머릿속에 든 축구 지식을 꺼내 글로 옮기려는 순간, 내용보다는 글이나 문장의 형식을 만드는 데 신경이 쏠려 지치고 말았다. 현우는 일단 쓰라는 말로써 민규가 표현이 아닌 내용에 집중하기를, 자신이 가진 지식을 끄집어내기를 기대한 것이다.

"혹시 네가 완성했다는 초안, 나한테 메일로 보내 줄 수 있어?"

"아직 엉망인데."

"그거라도 보면 일단 월요일까지 써 갈 수 있을 것 같아."

"뭐, 대강 흐름은 볼 수 있으려나? 알겠다."

"네 말대로 일단 쓴 것 그대로 가져갈게. 수정은 너한테 맡긴다, 친구야!"

"……."

얼음 같은 현우라도 "친구야!"라는 한마디 말에 속절없이 녹

꺾이지 않는 글쓰기

아내린다. 그러는 걸 민규는 몇 번이고 목격한 터라 휴대폰 너머로 당황해하는 현우의 얼굴이 보이는 듯했다.

'현우 이 녀석은 생각이 너무 많아서 탈이야.'

현우가 보내 준 파일을 열었다. 글은 쉽게 읽혔다. 예상 독자의 수준을 고려하여 쓴다더니 민규의 수준을 딱 맞춘 것 같았다. 군더더기가 없고 전개도 깔끔했다. 물론 축구에 관한 민규의 배경지식도 한몫했을 것이다.

'근데 그게 다는 아닌 것 같은데……, 아!'

순간 번뜩하는 깨달음이 민규의 머리를 스쳤다.

'머리말에 본문의 내용을 요약하는 이유가 이거로구나.'

민규가 현우의 글을 편하게 읽을 수 있었던 것은 본문의 흐름을 현우가 요약해 준 덕분이었다. 글의 흐름을 알고 있었기 때문에 내용을 예측할 수 있었다. 뒤에 나올 내용을 예측할 수 있으면 글은 더 쉽게 읽힌다.

― 머리말 마지막에 연구의 흐름을 간략히 소개하면 독자의 주의를 집중시킬 수 있지.

이제야 현 선생이 했던 말의 의미가 어렴풋이 손에 잡히는 듯했다. 민규는 자기가 쓴 내용을 요약해 줬던 현우와의 통화 내용을 떠올리면서 머리말을 작성했다.

이 보고서는 해외 유명 축구감독의 전술적 특징을 분석하기 위한 보고서이다. 이 보고서에서는…….

"이 글을 고치는 법을 알고 싶다?"

복사기 옆에 선 현 선생이 민규의 글과 얼굴을 번갈아 보며 되물었다. 현우가 수정은 자기에게 맡겨 두라고 했지만 일방적으로 신세를 지는 건 민규의 자존심이 허락하지 않았다. 어떻게든 자기의 손으로 이 되먹지 못한 글을 뜯어고치고 싶었다.

"어허, 이 녀석들 보게."

현 선생이 이렇게 말하며 주위 교사들을 돌아보며 웃자 그들 역시도 함께 흐뭇한 표정으로 웃었다.

'잠깐, 이 녀석들이라고? 그럼 현우도 왔다 갔나?'

"어, 맞아. 현우도 왔다 갔어."

'윽, 뭐야. 이게 현우가 말하던 현스터 동심술? 독심술? 아무튼 마음을 읽는 그건가?'

"이게 누구야? 축구부 한 선수 아니야? 네가 교무실에는 웬일이냐?"

마침 교무실에 들어선 교감이 민규 쪽으로 다가오며 말을 걸었다.

“이번에는 수행평가 잘 통과할 수 있겠지? 너 없으면 경기가 안 되는 건 아는데 규정은 규정이니까, 제아무리 너라고 해도 어쩔 수 없다고. 한 선수, 부탁한다. 이번 경기 때도 말이야, 왼쪽에서 볼을 너무 끌었어. 그때는 이렇게…….”

“교감 선생님, 애들한테 부담 그만 주시라니까. 교감 선생님 응원에 힘입어 열심히 공부하고 있는 우리 한 선수 공부 더 시키러 갑니다.”

능청스럽게 교감의 말을 끊어 낸 현 선생이 민규의 어깨에 팔을 감아 자리로 데려왔다. 웬만해서는 덩치와 힘으로는 밀리지 않는 민규이지만 현 선생의 압도적인 피지컬 앞에서는 초등학생이 된 것만 같았다.

“며칠 전인가 현우가 너한테 글 쓰는 법을 알려 주고 싶다고 찾아왔었다. 뭔가 구체적인 방법을 원했는데 너 같은 초심자의 경우, 체계적인 방법이 필요하다기보다는 일단 시작해 보는 게 더 중요하거든. 그래서 시작하게 하는 법에 대해 조언을 해 줬지. 현우가 뭐라던?”

민규는 현우가 ‘일단 쓰라’며 시작을 독촉했던 이유를 비로소 알게 되었다. 민규가 현우가 조언했던 방식에 관해 말하자 현 선생이 흥미로운 듯한 표정으로 턱을 쓸었다.

“전화로 독촉을 해서 이렇게 쓰게 했단 말이지? 현우 이 녀석, 청출어람일세.”

‘청출, 뭐라고?’

“스승을 뛰어넘는 제자. 청출어람.”

“어떻게 아셨어요, 제가 못 알아들은 거?”

“너 이해 못 하면 나오는 멍청한 표정이 있어. 약간 입이 벌어지면서 눈은 초점을 잃고. 아무도 얘기 안 해 주던?”

현 선생이 민규의 표정을 흉내 내며 짓궂게 웃고는 책상에서 종이 한 장을 빼서 민규에게 건넸다.

“2학년 작문 수업에서 쓰는 체크리스트야. ‘고쳐 쓰기 체크리스트’. 이거 보며 네 문장의 문제가 뭔지 점검해 봐. 예를 들면 여기 첫 문장 있지?”

현 선생은 민규가 쓴 첫 문장 “이 보고서는 해외 유명 축구감독의 전술적 특징을 분석하기 위한 보고서이다.”를 손가락으로 짚었다.

“이 문장의 주어도 ‘이 보고서는’이고, 서술어도 ‘보고서이다’이지. 좀 어색하지 않냐?”

민규가 고개를 끄덕였다.

“이런 걸 보고 문장의 호응이 어색하다고 하는 거야. ‘보고서’

라는 말이 불필요하게 반복되고 있으니 수정해야 해. 어떻게 바꿀까? 소리 내어 읽어 봐.”

현 선생의 지시대로 민규가 문장을 소리 내어 읽었다. 눈으로 볼 때는 미처 알아채지 못했는데, 소리 내어 읽으니 확실히 어색한 부분이 선명하게 들렸다.

“네가 아직 글보다는 말에 익숙해서 그래. 앞으로도 글을 쓸 때는 소리 내어 읽어 봐. 아무튼 이 문장의 의도는 보고서 목적을 밝히는 거잖아. 그러면 ‘목적’이라는 말을 넣어서 고쳐 볼까?”

민규는 자신이 쓴 글을 한참이나 바라보다가 펜을 들었다.

이 보고서는 해외 유명 축구감독의 전술적 특징을 분석하기 위한 보고서이다.

분석하는 걸 목적으로 한다.

“이야, 이 자식 봐라. 너 재능 있는데?”

현 선생이 민규의 머리를 거칠게 쓰다듬고는 본문 내용을 요약한 부분을 짚었다.

“이것도 소리 내서 읽어 봐.”

민규가 자신이 쓴 글을 천천히 읽었다.

“이를 통해 학생들이 축구 전술을 잘 이해하게 하려는 목적도 동시에 가지고 있으며, 감독의 수는 네 명이며, 그들은 펩 과르디올라, 위르겐 클롭, 디에고 시메오네, 카를로 안첼로티이며……. 헉헉, 이게 뭐야. ‘~며’가 너무 많아요. 문장이 너무 길기도 한 것 같고요.”

“그치? 이렇게 소리 내어서 읽어 보면 어색한 부분은 웬만하면 다 찾을 수 있다고. 이 방법이랑 체크리스트가 만병통치약은 아니지만, 꽤 괜찮은 문장을 쓸 수 있게 도와주는 건 확실하지. 잘 써먹어 봐.”

현 선생이 “근데…….” 하며 관자놀이를 긁었다.

“마지막 문장의 의도가 뭐야? ‘분석되어질 예정이다.’라니? 그냥 ‘분석할 것이다.’라고 쓰면 될 걸 딱 봐도 어색하잖아.”

“아, 유식한 척하려고요.”

민규가 뒤통수를 긁적이며 멋쩍게 웃자 현 선생이 유쾌하게 웃었다.

“축구도 잘하려고 하면 오히려 힘이 더 들어가서 실수가 더 많이 나오잖아. 글도 마찬가지야. 어깨 힘 빼고 자연스럽게, 말하듯이 써 내려간 글이 더 좋은 법이지. 그래야 술술 써지기도 하고. 오늘은 여기까지 할까? 체크리스트 가져가서 수정한 다음에 현우랑 같이 멋진 글 한 편 써 봐. 내가 너희 둘한테 거는 기대가 크다.”

“저희한테 말입니까?”

“그렇지!”

현 선생은 검지와 엄지로 기역 자로 만들고는 허공에 대고 마치 자막이라도 펼치듯이 쫙 벌리면서 특유의 오버톤으로 “우등생과 축구부, 두 꼴통 간 환상의 컬래버레이션!”이라고 외쳤다. 마지막에 “뚜뚱!”을 덧붙이기까지.

순간 민규는 깨달았다. 이 수행평가에 최선을 다해야 하는 건 경기 출전을 위해서만이 아니다. 어설프게 썼다간 학생 놀리기 선수인 현 선생의 먹잇감이 되어 버리고 말 것이다. 교무실을 나오면서 민규는 현 선생의 헤드락에 걸려 옴짝달싹 못한 채 실컷 놀림을 당하고 있는 자신과 현우의 모습을 상상하며 몸을 부르르 떨었다.

세계적 문호, 어니스트 헤밍웨이의 명언이 있어. "The first draft of anything is shit." 번역하자면 '모든 초고는 쓰레기다!' 까칠하기로 유명한 성격만큼이나 박력 있는 말이지? 아무튼 그가 《무기여 잘 있거라》의 결말을 39번이나 수정했다거나 《노인과 바다》를 400번 이상 퇴고했다는 일화는 전설처럼 남아 있지. 퇴고의 중요성을 작품으로 증명한 작가랄까.

헤밍웨이의 사례에서 보듯이 퇴고를 거듭할수록 글의 완성도가 올라가는 건 너무 당연하다, 이 말씀. 그러니 이번 시간에는 내가 민규에게 건넨 체크리스트로 민규의 글을 첨삭해 볼게.

고쳐 쓰기 체크리스트

☐ 첫 문장이 독자의 관심을 끌 수 있는가?

☐ 문장이 너무 길지 않은가?

☐ 한 문장에 하나의 생각만 담겨 있는가?

☐ 문장의 주어와 서술어가 호응하는가?

☐ 피동형 문장보다 능동형 문장으로 표현하기 위해 노력했는가?

☐ 간결한 문장을 만들기 위해 삭제할 수 있는 표현이 있는가?

☐ 문장과 문장 간 연결은 매끄러운가?

☐ 삭제할 수 있는 접속사가 있는가?

☐ 한 문장 내에 중복되는 표현이 있는가?

☐ 인접한 문장 사이에 반복되는 표현이 있는가?

☐ 대명사나 지시어가 모호하게 쓰인 부분은 없는가?

☐ 소리 내어 읽을 때 잘 읽히는가?

☐ 마지막 문장이 간결하면서도 여운을 남기는가?

머리말

〈Before〉

이 보고서는 해외 유명 축구감독의 전술적 특징을 분석하기 위한 보고서이다. 이 보고서에서는 해외에서 활동 중인 축구감독들의 전술적 특성과 전술이 실제로 어떤 방식으로 경기에서 적용되고 있는지를 알아볼 것이다. 이를 통해 학생들이 축구 전술을 잘 이해하게 하려는 목적도 동시에 가지고 있으며, 감독의 수는 네 명이며, 그들은 펩 과르디올라, 위르겐 클롭, 디에고 시메오네, 카를로 안첼로티이며, 이 네 명의 감독들이 사용한 전술을 바탕으로 각각의 대표 경기를 분석하려고 한다. 그중에서도 특히 과르디올라와 클롭은 포지션 플레이와 게겐프레싱이라는 전술을 주로 사용하는 감독들인데 이들의 전술은 경기를 지배하는 방식에 있어서 매우 유사하지만 차이점도 있으며 맨체스터 시티와 레알 마드리드의 2023 UEFA 챔피언스 리그 준결승 2차전, 리버풀과 바르셀로나의 2019 UEFA 챔피언스 리그 준결승 2차전 경기가 분석되어질 것이다. 그리고 시메오네는 타깃형 스트라이커와 플레이메이커를 이용해서 역습을 펼치는 축구 스타일을 보이고 이 전술은 리버풀과 바르셀로나의 2019 UEFA 챔피언스 리그 준결승 2차전에서 잘 드러났기 때문에 그 경기를 고르기로 했으며, 마지막으로 안첼로티는 용병술이 뛰어난 감독으로 알려져 있는데 그의 용병술이 드러나는 대표적인 경기로는 레알 마드리드와 맨체스터 시티의 2022 UEFA 챔피언스 리그 준결승 2차전이 있으므로 이 경기가 분석되어질 예정이다.

〈After〉

이 보고서는 해외 유명 축구감독의 전술적 특징을 분석하는 것을 목적으로 한다. 현재 해외 프로축구 리그에서 활약하고 있는 감독들의 전술을 연구함으로써 학생들의 축구 전술 이해도를 높이고자 한다. 우리는 세계적으로 유명한 감독 네 명을 선정하여 그들의 전술적 특징을 분석하고 각 감독의 대표 경기 한 편을 함께 살펴볼 것이다.

먼저 펩 과르디올라와 위르겐 클롭의 전술을 분석한다. 과르디올라는 '포지션 플레이'를, 클롭은 '게겐프레싱'을 핵심 전술로 사용한다. 이들의 전술은 각각 맨체스터 시티와 레알 마드리드의 2023 UEFA 챔피언스 리그 준결승 2차전, 리버풀과 바르셀로나의 2019 UEFA 챔피언스 리그 준결승 2차전에서 잘 드러난다. 따라서 이 두 경기를 중심으로 분석할 것이다.

디에고 시메오네는 타깃형 스트라이커와 플레이메이커를 활용한 역습 축구로 유명하다. 그의 전술은 아틀레티코 마드리드와 리버풀의 2020 UEFA 챔피언스 리그 16강 2차전에서 확인할 수 있으므로 이 경기를 분석할 예정이다.

마지막으로 유연한 전술 운용과 용병술로 잘 알려진 카를로 안첼로티의 특징은 레알 마드리드와 맨체스터 시티의 2022 UEFA 챔피언스 리그 준결승 2차전을 통해 알아볼 예정이다.

문장이 기니까 뭐가 문제인지 감이 잘 안 오지?
이럴 때는 주어+서술어 구조로 단순화해서 읽어 봐.
"안첼로티의 유연한 용병술로 유명하다."
어라, 주어가 어디로 숨었지?

〈Before〉

　　이번 보고서를 통해 우리는 세계적인 축구감독 네 명의 전술적 특징을 비교·분석하였는데 그 전술적 특징은 각각 달랐다. 펩 과르디올라의 포지션 플레이와 위르겐 클롭의 게겐프레싱 그리고 디에고 시메오네의 역습 전술과 카를로 안첼로티의 유연한 용병술로 유명하다. 이 감독들은 선수 구성, 경기 운영, 전략 선택 등의 측면에서 뚜렷한 차이가 나며 이러한 전술들은 경기의 승패뿐만 아니라 팀의 정체성과 방향성을 결정짓는 중요한 요소이다. 이러한 분석을 통해 우리는 축구를 더 깊이 있게 이해하게 되었고 앞으로는 단순한 경기 결과뿐만 아니라 전술적 움직임까지도 관심을 가지게 될 것이며 이는 우리가 축구를 바라보는 관점을 바꾸는 데 도움이 될 것이다.

　　흠, 바로 앞문장에서 등장한 '이러한'이 또 출몰한다?

지시 대명사 '이'라. 쓰임새가 틀린 건 아니지만,
보고서 내내 등장하는 인물들에 대해 구태여 지시어를 쓸 필요가 있을까?
무작정 빼자니, 읽는 맛이 떨어지고. 뭔가 좋은 대안이 없을까?

이번 보고서를 통해 우리는 세계적인 축구감독 네 명의 전술적 특징을 비교·분석했다. 펩 과르디올라의 포지션 플레이, 위르겐 클롭의 게겐프레싱, 디에고 시메오네의 역습 전술, 카를로 안첼로티의 유연한 용병술은 저마다 팀을 성공으로 이끈 전략이었다.

각 감독은 자신의 철학에 따라 선수 구성, 경기 운영, 전략 선택에서 뚜렷한 차이를 드러냈다. 이러한 전술은 단순히 경기의 승패를 가르는 것이 아니라 팀의 색깔과 방향성을 결정짓는 핵심 요소임을 알 수 있었다.

이번 분석을 통해 우리는 축구 경기를 더 깊이 있게 이해할 수 있었다. 또한 감독의 전술이 얼마나 정교하고 전략적인지를 새롭게 인식하게 되었다. 앞으로는 경기 결과뿐만 아니라 그 안에 담긴 전술적 움직임에도 더욱 주의를 기울이게 될 것이다.

장하다, 인규!
Feels so Good!

심판의 날
후회는 없다
STAGE
7

Yo
Yo
가위, 바위...
!
쉬이이익

민규는 초조했다. 글을 건네준 지 5분이 지났건만 현우는 가타부타 말이 없다. 답답하긴 했지만 그렇다고 억지로 입을 열게 할 수는 없는 일. 민규는 머리에 들어오지 않는 현우의 보고서만 뒤적이고 있었다.

"이거……."

"왜? 이상하냐? 고칠 거 많아? 네가 쓴 거랑 내용이 달라? 아님, 맞춤법 많이 틀렸냐?"

현우의 입이 떨어지기 무섭게 민규가 달려들듯이 현우 쪽으로 몸을 기울이며 질문을 쏟아 냈다.

"나, 아직 한 마디밖에 안 했다."

민규가 겸연쩍어하며 자세를 고쳐 앉았다.

"이거, 진짜 네가 쓴 거 맞아? 어떻게 이렇게 갑자기 좋아지지?"

현우의 칭찬에 민규는 당장 뛰어나가 골 셀러브레이션이라도 하고 싶은 마음이었다.

"내가 고생 좀 했지. 담임 선생님께 받은 고쳐 쓰기 체크리스트로 한 땀 한 땀 정성스럽게 고친 거다. 맞춤법 검사기도 돌리고."

"체크리스트?"

민규가 "이거." 하면서 현우에게 꺼내 주었다.

“며칠 전에 담임 선생님 찾아뵙고 받아 왔어. 야, 암튼 나 이거 두 번만 하다가는 축구 은퇴 각이다. 체력 소모가 너무 심해. 회복이 안 된다, 회복이.”

현우는 자기도 모르게 피식 웃음이 나왔다. 엄살을 부리는 게 재미있기도 했지만 따로 현 선생을 찾아갈 정도로 정성을 보인 민규가 대견했기 때문이다.

“자, 이제 보고서의 완성도를 높이기 위한 퇴고를 시작합니다. 만약 따로 쓴 글을 잇는다면 문체나 맥락이 어색한 부분이 생기기 마련이라 한 사람이 책임지고 수정해야 해. 그래야 통일성이 생기거든. 한 명은 수정, 한 명은 피드백. 그렇게 협업해서 잘 완성해 보도록!”

현 선생의 말이 끝나기 무섭게 현우가 노트북 자판을 두드리기 시작했다. 원고를 종합하는 것은 현우의 몫이기 때문이다. 현우로부터 긍정적 반응을 받아 낸 민규는 가벼운 마음으로 현우가 쓴 본문을 읽기 시작했다. 기대대로 깔끔한 전개와 유려한 글의 흐름이 돋보였다. 독자가 읽기 쉽게 간결한 문장으로 과감하게 전개해 나가는 방식도 마음에 들었다. 현 선생에게 받은 체크리스트를 옆에 놔두고 살펴봤지만 딱히 수정할 부분이 보이지 않았다.

"혹시 고치고 싶은 거 있어?"

현우는 민규 쪽을 바라보면서도 손은 여전히 자판을 두드리고 있었다.

"화면도 안 보고 치냐? 무슨 피아니스트인 줄 알았네."

"간단한 수정이라서. 아무튼 이상한 거 없냐고."

"없다. 솔직히 이 정도 실력이면 너 혼자 쓰는 게 더 나았을 텐데."

"무슨 그런 쓸데없는 소리를 하고 있어. 됐고. 이거나 봐 줘."

현우가 민규 쪽으로 노트북 화면을 디밀었다.

"네가 쓴 부분을 약간 수정했어. 내용은 거의 그대로고 문체만 약간 손본 정도. 괜찮은지 봐 봐."

민규의 말은 진심이었다. 본문의 내용을 봤을 때 현우가 머리말이나 맺음말까지 썼다면 글의 완성도가 올라갔을 게 분명했다. 공부라고는 해 본 적 없는 운동부의 어설픈 글이 전교 1등의 앞길을 막으면 어쩌나 하는 생각에 자못 마음이 불편했다.

"수비할 때 있잖아."

현우가 턱을 괸 채 민규를 바라보며 말했다.

"네 앞에 있는 선수가 상대한테 뚫렸어. 그럼 넌 어떻게 하냐?"

“뭐냐, 뜬금없게.”

“막으러 가지 않겠어?”

“그렇겠지.”

민규가 의아한 표정으로 고개를 끄덕였다.

“뚫린 선수를 원망하냐?”

“그럴 시간이 어딨냐? 막기 바쁜데. 그리고 그런 거 하나하나 원망하면 팀이 아니지.”

“맞아. 그런 거야.”

“무슨 말⋯⋯.”

민규는 말을 하려다 멈췄다. 현우가 무슨 말을 하려는지 알아챘기 때문이다.

“이게 다 현스터 쌤이 그린 큰 그림이다. 그러니까 괜히 이상한 생각하지 말고 여기에 집중하자고.”

현우가 유독 엄격, 근엄, 진지해질 때에도 굴하지 않고 장난스레 받아치던 민규였지만 이번만은 가만히 고개를 끄덕이고 모니터에 집중했다. 가슴 깊은 곳부터 솟아올라 뇌리를 강타한 깨달음 때문이었다.

현우는 자신의 말을 글로 증명했다. 두 사람의 글은 이제 마치 한 명이 쓴 것처럼 잘 어우러져 있었다. 살짝 달랐던 문체는 현우의 문체를 중심으로 통일성 있게 수정되었는데, 어색하지 않았다.

"맨 앞에 이거 좋은데?"

현우가 덧붙인 도입부 문장을 가리키며 민규가 나직이 감탄했다.

주말 밤, TV 화면 속 축구 스타들의 환상적인 골 장면에 우리는 열광한다. 그런데 그들의 멋진 플레이가 과연 선수 개인의 실력만으로 가능한 걸까? 그 가슴 뛰는 장면들 뒤에는 감독의 치밀한 전략과 전술이 숨어 있기 마련이다.

"그렇네. 괜찮네."

현우와 민규가 화들짝 놀랐다. 현 선생의 얼굴이 두 사람의 얼굴 사이로 불쑥 튀어나왔기 때문이다.

"내가 민규 너한테 준 체크리스트 보면 이런 게 있어요. '첫 문장이 독자의 관심을 끌 수 있는가?' 지금 민규 네가 좋다고 평가한 문장이 딱 여기에 부합하는 거지. 예상 독자의 경험을 언급해서 흥미를 유발하는 전략. 아주 탁월한 선택이다."

현 선생은 두 친구의 어깨를 툭툭 두드리고는 둘이 무슨 반응을 보이기도 전에 다른 모둠 쪽으로 가 버렸다.

"몸이 저렇게 큰데 어떻게 인기척이 없지? 너 알았냐?"

민규의 말에 현우가 어깨를 으쓱하며 고개를 저었다.

"뭐 어쨌든. 쌤 말처럼 아까 그 체크리스트를 보니까 첫 문장에 관한 항목이 있더라고. 그래서 덧붙여 봤지."

"척 하면 착 하고 나오는구먼. 역시 전교 1등!"

"됐고. 본문 내용은 잘 읽혀? 나름대로 쉽게 쓴다고 썼는데 어떤지 모르겠네."

"술술 읽히더라. 내가 이 정도면 다른 애들에게도 쉽게 읽힌다는 거겠지."

민규가 엄지를 치켜세웠다.

"거기에 그림을 좀 넣어 보려고."

현우가 말했다.

"그림?"

"응, 전술 얘기하는데 적어도 전술판이라도 있으면 좋을 거 같아서."

민규가 "그렇네." 하면서 고개를 주억이더니 무언가 생각난 듯이 노트북 자판을 두드렸다.

"역시 있네. 여기 봐."

노트북 화면에는 본문에 언급한 경기 하이라이트 영상이 떠 있었다.

"이것도 보고서에 넣자. 링크를 복사해서 넣으면 되지 않을까?"

"좋은 생각! 근데 링크 복사보다 더 좋은 방법이 있지."

현우가 하이라이트 영상으로 바로 연결되는 QR코드를 만들어 보고서에 붙여 넣었다.

"이야, 이런 방법이 있어? 참 세상 좋아졌네."

민규는 처음 인터넷에 접속해 본 어르신 같은 말투로 감탄했다. 그때, 현 선생이 손뼉을 마주 쳤다.

"자, 이제 마무리하고. 완성된 보고서는 쌤 메일로 보내 주세요. 늦으면 감점이야. 곧 종 칠 시간이니 서둘러."

보고서야 진작에 완성했지만 현우는 몇 번이나 읽고 또 읽으며 오타나 맞춤법, 문장의 오류 등을 살폈다. 검토할 때마다 수정할 게 계속 보이고 조금씩 손봐야 했다. 쓰는 것보다 고치는 게 더 중요하다는 현 선생의 가르침 때문만이 아니다. 현우 자신의 완벽주의적 성향도 한몫했다.

"이제 엔터만 누르면 끝이야."

현우가 민규를 바라보며 말했다.

“드디어 끝났냐? 난 이번 생에 완성되는 걸 못 보는 줄 알았지.”

민규의 너스레에 현우가 겸연쩍어하며 ‘보내기’ 버튼을 클릭했다.

대망의 마지막 시간. 얼굴에 만족스러운 미소를 한껏 머금은 현 선생이 교실로 들어왔다.

“너희 보고서는 아주 잘 읽었다. 썩 마음에 들진 않지만 적어도 AI가 키운 자식 같은 글은 안 보이더라.”

현 선생의 말에 아이들이 킥킥댔다.

“농담이고. 다들 잘해 줬어. 마지막 시간인데 아쉽지?”

아이들이 격렬하게 고개를 흔들어 대자 현 선생이 미소 지었다.

“이 녀석들이 내숭은. 이번 수행평가의 마지막 단계는 ‘상호 평가’ 되시겠습니다. 수업 시작할 때 상호 평가하기로 한 거 다들 기억하지?”

아이들이 난감한 표정을 지었다. 함께한 동료를 평가한다는 것은 여러모로 부담되는 일이다. 교실을 훑어보던 현 선생이 펜을 들어 칠판에 세로로 ‘S’, ‘B’, ‘I’를 썼다.

“체크리스트로 평가지를 만들었다가 그건 너무 비인간적이라

꺾이지 않는 글쓰기

서 이걸로 바꿔 봤어. SBI 기법이라고 구글에서 하는 동료 평가 방법이야.”

현 선생이 세로로 쓴 ‘S’, ‘B’, ‘I’에 각각 글자를 채워 넣었다.

Situation(상황)
Behavior(행동)
Impact(영향)

“‘Situation, 상황’에는 평가할 행동이 발생한 구체적인 상황을 서술합니다. 예를 들면 ‘A라는 문제로 어려움을 겪고 있었는데’처럼 말이지요. 두 번째 ‘Behavior, 행동’에는 평가의 대상이 되는 행동을 서술합니다. ‘문제 해결 방법을 찾아서 제공해 주었다.’가 그 예라 하겠지요. 마지막으로 ‘Impact, 영향’에는 행동으로 발생한 영향을 서술하세요. ‘덕분에 A를 해결했을 뿐만 아니라 새로운 아이디어를 얻어서 보고서에 반영할 수 있었다.’ 정도로 쓸 수 있겠습니다.”

그러고는 활동지를 나눠 주면서 말을 이었다.

"이 SBI 기법을 활용해서 상대방에 대한 평가를 써 봅시다. 보고서 평가에는 직접적으로 반영하지 않을 거예요. 대신 학생부 '세특' 작성에 참고하겠습니다. 그럼 시작!"

교실에 전에 없던 긴장감이 감돌았다.

"뭐 쓸 거냐?"

민규가 현우의 활동지를 들여다보는 척하자, 현우가 자기 쪽으로 활동지를 숨겼다.

"숨기긴 뭘 숨겨. 아무것도 안 썼더구먼."

현우가 낮게 헛기침을 했다.

"됐고. 암튼 욕 쓰기 없기."

"왜, 찔리는 거 있냐?"

장난스럽게 말하던 민규가 현 선생과 눈이 마주치자 표정을 바꾸고 펜을 들었다. 그 모습을 본 현우도 자세를 고쳐 앉았다.

현우는 고민스러웠다. 쓸 게 없어서가 아니었다. 어떻게 써야 할지는 일말의 고민도 없이 떠올랐다. 현우는 민규와 파트너가 된 뒤 자신이 여러모로 바뀌었다는 걸 누구보다도 잘 인지하고 있었다. 민규 덕에 협업에 대한 생각도 바뀌고 사람에 대한 믿음도 생겼다. 다른 사람과 함께 무언가를 해 나가는 과정에서 느끼는 즐거움을 맛봤다는 게 가장 큰 성과였다. 이 중 어떤 부분에 집중해야 민규에 대한 고마움을 효과적으로 표현할 수 있을까. 그게 현우의 고민이었다.

민규 역시 고민스럽긴 마찬가지였다. 공부라고는 해 본 적 없는 자신이 누군가와 함께 수행평가를 한다는 자체가 민폐일 수 있다고 생각했다. 게다가 그 상대가 전교 1등이라니. 내색하지 않았지만 현우와 함께 수행평가를 하는 내내 긴장할 수밖에 없었다. 다행히도 축구라는 공통 관심사를 빨리 찾아냈고, 덕분에 자신이 조금이라도 기여할 수 있겠다는 희망도 품었다. 처음으로 공부의 재미를 느끼게 된 건 모두 현우의 든든한 지원 덕분이었다. 실력도, 시간도 부족했지만 현우는 묵묵히 민규를 기다려 주었다.

'내 모자란 글솜씨로 과연 이 마음을 표현할 수 있을까.'

수도 없이 썼다 지워 지저분해진 활동지가 민규의 고민을 그대로 반영하고 있었다.

늦은 밤, 현 선생은 책상 스탠드 불빛 아래 아이들의 상호 평가서를 훌훌 넘기며 키득대고 있었다. 그러다 민규의 꾹꾹 눌러 쓴 삐뚤빼뚤한 글씨에 눈길이 멎었다. 현 선생의 얼굴에 싱긋 미소가 번졌다.

<table>
<tr><td rowspan="2">무산고</td><td>〈2인3각 보고서〉</td><td>학번</td><td>261310</td></tr>
<tr><td>상호 평가서</td><td>이름</td><td>한민규</td></tr>
</table>

파트너 이름: 주현우

▶ **Situation(상황)**: 글을 한 번도 써 보지 않아서 어떻게 써야 할지 감을 못 잡고 있을 때,

▶ **Behavior(행동)**: 현우가 글을 어떻게 써야 할지 알려 줬다. 나중에 수정할 각오를 하고 일단 쓰면 어떻게든 써진다는 조언이 효과가 있었다. 알고 보니 현우가 나를 위해서 담임 선생님께 찾아가 글쓰기 지도 방법을 질문했다고. 감동이다.

▶ **Impact(영향)**: 현우 덕분에 머리말과 맺음말을 쓸 수 있었다. 수정은 제게 맡기라는 말도 든든했다. 멋진 친구다. 공부가 조금 재미있어진 거 같다. 선생님, 현우에게 100점 주세요.

현우네 보고서는 기대 이상이었다. 결과물뿐만 아니라 민규와 현우의 협업 과정 역시 훌륭했다. 과정을 주도적으로 리드한 것은 단연 현우다. 하지만 현 선생은 주어진 환경에서 최선을 다한 민규의 노력과 성장에도 강렬한 인상을 받았다.

<table>
<tr><td rowspan="2">무산고</td><td><2인3각 보고서>
상호 평가서</td><td>학번</td><td>261301</td></tr>
<tr><td>이름</td><td>주현우</td></tr>
</table>

파트너 이름: 한민규

▶ Situation(상황): 혼자 과제를 하는 게 익숙하다 보니 나의 기준으로 모든 걸 판단하는 경향이 있었다. 그런데 설문 조사 질문지를 구성할 때, 민규가 의문을 제기했다.

▶ Behavior(행동): 나는 설문지 응답자의 축구 배경지식에 따라 연구 방향마저 뒤흔들릴 수 있다는 점을 간과했었다. 민규는 그런 닫힌 질문의 맹점을 날카롭게 꿰뚫고 지적해 주었다.

▶ Impact(영향): 덕분에 계획을 변경하여 연구 목적에 부합하는 설문 조사를 시행하는 한편, 독자의 눈높이를 고려한 글쓰기를 배울 수 있었다. 부상 때문에 마음이 심란했을 텐데 내색하지 않고 적극적으로 참여해 줘서 고마웠다. 민규가 이번 수행평가에서 좋은 성적을 받아 대회에 꼭 출전할 수 있기를 바란다.

가진 걸 기꺼이 나누고 받은 것을 감사히 여기는 게 바람직한 사회다. 많이 가진 사람은 겸손해야 하고, 적게 가진 사람은 감사해야 한다. 세상에 당연하게 주어지는 건 아무것도 없다. 이것이 현 선생이 늘 강조하는 가치관이다. 현우는 지적인 능력이 탁월하다. 하지만 그 능력을 누군가에게 나눠 주는 경험은 부족했다. 학생부 종합 전형 준비를 해야 한다느니, '협력적 소통 역량'이 부족하다느니 하는 핑계를 댔지만, 현 선생은 앞으로 이 사회의 엘리트로 자리 잡길 기대하는 이 학생에게 자신의 희생을 감수하고 상대를 성장시키는 경험을 맛보게 해 주고 싶었다.

민규를 현우의 상대로 지정한 것 역시 의도가 있었다. 현종진 선생은 무산고 재학 시절, 수비수 뒤로 돌아가 순간적으로 라인을 무너뜨리는 방식으로 수많은 골을 양산하던 전도유망한 공격수였다. 그러나 고등학교 2학년 추계대회에서 결정적인 부상을 입고 말았다. 무릎 쪽으로 발을 뻗는 상대의 거친 태클을 피하지 못한 것이다. 영입을 위해 그를 보러 왔던 프로팀 스카우터들 앞에서 당한 부상이기에 더 뼈아팠다. 병원에서는 재활에 집중하면 회복할 수 있다고 했지만 몸 상태는 좀처럼 올라오지 않았다. 폭발적인 스프린트와 속도를 잃어버린 그는 더 이상 위협적인 공격수가 아니었다. 초조해진 만큼 더 혹독하게 훈련했다. 그러나 과도한 훈련을 받아들일 만큼 회복되지 않았던 그의 무릎은 고3 3월 말. 완전히 고장 나고 말았다.

본의 아니게 축구를 그만두게 된 충격을 비교적 빨리 극복할 수 있었던 건 지금의 무산고 교감, 천종부 선생님 덕분이다. 젊은 시절 천 교감은 현 선생의 담임 교사였다. 그는 재활 중인 현 선생을 수업에 참여시키고 학업이 우수한 학생에게 멘토 역할을 맡겨 부족한 학업을 보충하게 했다. 덕분에 국어교육학과에 진학해 국어 교사로서 제2의 삶을 살게 되었다. 그렇지만 끓어오르는 운동 욕구를 완전히 잠식시키지는 못했다. 몸이 근질거릴 때마다 들어 올린 바벨과 덤벨 탓에 현역 때보다도 벌크업된 것이다.

어릴 때부터 운동만을 위해 살아온 아이들에게 그들을 기다리고 있는 프로의 문은 너무 좁다. 프로에 갈 만한 재능을 지니고 있어도 심각한 부상을 입거나 계약상의 문제로 뛸 자리를 잃는다. 때로는 운동 외적인 문제로 운동을 그만두게 되는 경우도 비일비재하다. 현 선생은 민규에게도 자신과 같은 기회가 주어져야 한다고 생각했다. 혹시나 민규가 프로 데뷔에 실패하게 되더라도 다른 길을 찾을 수 있도록, 자신이 뒤늦게 느꼈던 학업의 즐거움을 민규도 깨닫길 바랐다. 두 아이는 그런 현 선생의 의도를 충분히 잘 따라 주었다.

두 친구의 보고서는 같은 반 친구들에게도 많은 관심을 받았다.

“유일하게 읽은 보고서가 너희 거다.”

수업 시간엔 늘 엎드려 있어 얼굴 보기 힘든 구승범이 현우에게 다가와 특유의 쩌렁쩌렁한 목소리로 말했다. 축구하러 학교에 온다는 녀석이다.

“이거 현우, 네가 분석한 거랬지?”

오지라퍼 부반장 조용환도 합류했다.

“당연히 주현우지, 누구겠니? 대부분 이 녀석 머리에서 나온 거야.”

그사이 학급 친구들과 제법 친분을 쌓은 민규가 대답했다. “오!” 하는 탄성이 곳곳에서 터졌다. 용환과 승범은 덕분에 펩이랑 클롭의 차이점을 깨달았다는 둥, 학급 우수 보고서로 뽑힐 만했다는 둥, 역시 전교 1등은 다르다는 둥 호들갑을 떨었다. 목소리 큰 두 명이 같이 떠드니 시너지가 대단했다. 교실은 평소보다 세 배는 더 소란스러워졌다.

‘이렇게 이목이 쏠리는 건 싫은데.’

현우가 어색하게 미소 지었다.

“야, 야! 이제 금방 체육대회잖아?”

승범이 화두를 돌렸다. 또 시작이다. 그놈의 체육대회 축구 예선 경기. 요새 용환과 승범이 툭하면 그 이야기로 둘이서 얼

꺾이지 않는 글쓰기

마나 법석을 떠는지 현우는 귀를 덮은 헤드셋 위로도 딱지가 앉는 기분이다. 현우가 고개를 끄덕이자 승범과 용환이 서로 마주 보며 눈빛을 교환하고는 이번에는 민규 쪽을 바라봤다. 민규가 의미심장한 미소를 짓더니 현우에게 말을 건넸다.

"주현우. 너 애들 좀 도와주면 안 되냐?"

현우가 의아한 표정으로 민규를 바라봤다. 민규는 승범을 쳐다보며 턱으로 현우 쪽을 가리키고 있었다.

"저기 말이야. 전교 1등."

승범이 말을 꺼냈다.

"우리 팀도 좀 분석해 줄 수 있냐?"

두 고양이가 기지개를 켜고 담벼락을 한가롭게 거닐던 날이었다. 언제나처럼.

축구 명장의 전술적 특징 분석

- 주요 경기를 중심으로

무산고 1학년 주현우, 한민규

머리말

　주말 밤, TV 화면 속 축구 스타들의 환상적인 골 장면에 우리
는 열광한다. 그런데 그들의 멋진 플레이가 과연 선수 개인의 실
력만으로 가능한 걸까? 그 가슴 뛰는 장면들 뒤에는 감독의 치
밀한 전략과 전술이 숨어 있기 마련이다.

이 보고서는 해외 유명 축구감독들의 전술적 특징을 분석하는 것을 목적으로 한다. 현재 해외 프로축구 리그에서 활약하고 있는 감독들의 전술을 연구함으로써 학생들의 축구 전술 이해도를 높이고자 한다. 우리는 세계적으로 명성이 높은 감독 네 명을 선정하여 그들의 전술적 특징을 분석하고 각 감독의 대표 경기를 함께 살펴볼 것이다.

먼저 펩 과르디올라와 위르겐 클롭의 전술을 분석한다. 과르디올라는 '포지션 플레이'를, 클롭은 '게겐프레싱'을 핵심 전술로 사용한다. 이들의 전술은 각각 맨체스터 시티와 레알 마드리드의 2023 UEFA 챔피언스 리그 준결승 2차전, 리버풀과 바르셀로나의 2019 UEFA 챔피언스 리그 준결승 2차전에서 잘 드러난다. 따라서 이 두 경기를 중심으로 분석할 것이다.

디에고 시메오네는 타깃형 스트라이커와 플레이메이커를 활용한 역습 축구로 유명하다. 그의 전술은 아틀레티코 마드리드와 리버풀의 2020 UEFA 챔피언스 리그 16강 2차전 경기로 확인해 보겠다.

마지막으로 유연한 전술 운용과 용병술로 잘 알려진 카를로 안첼로티의 특징은 레알 마드리드와 맨체스터 시티의 2022 UEFA 챔피언스 리그 준결승 2차전을 통해 알아보려 한다.

1. 펩 과르디올라(Pep Guardiola) - 공간을 점유하는 '포지션 플레이'

펩 과르디올라는 '포지션 플레이(Position Play)'라는 전술을 통해 팀이 경기 내내 효과적으로 공간을 점유하고 공을 소유하면서 상대의 약점을 노리는 플레이를 구사한다. 이 전술은 모든 선수가 일정한 간격과 포지션을 유지하면서 공을 지키고 수비와 공격 모두에서 수적 우위를 점하는 데 목적이 있다.

대표 경기

2023년 UEFA 챔피언스 리그 준결승 2차전에서 맨체스터 시티는 레알 마드리드를 4 대 0으로 압도하며 과르디올라의 전술이 극대화된 장면을 보여 주었다. 이 경기에서 맨체스터 시티는 짧은 패스를 통해 수비 라인을 끌어낸 후, 순간적인 스루패스와 공간 침투로 공격 기회를 창출했다. 선수들은 특정 위치에 고정되어 있기보다는 공격과 수비에 따라 유동적으로 움직이며 팀 전체가 유기적으로 반응했다.

중앙 미드필더 로드리는 중원에서 안정적으로 공을 배급하며 경기를 조율했다. 그는 압박을 받으면서도 침착하게 볼을 돌리고, 때로는 전진 패스로 공격의 출발점을 만들어 냈다. 공격형 미드필더 케빈 더 브라위너는 상대 수비 라인 사이 공간을 자유롭게 오가며 패스를 받아 연결했고 윙어 베르나르두 실바는 중앙으로 파고들며 득점 기회를 노렸다. 상대 수비수를 혼란스럽게 만드는 움직임으로 실바는 이 경기에서 2골을 기록했다.

또한 맨체스터 시티의 풀백인 카일 워커와 마누엘 아칸지는 측면에서 공격을 지원하며 수비와 공격의 균형을 유지했다. 이들의 오버래핑과 언더래핑은 공격에 다양성을 부여하며 수비수들이 어디에 집중해야 할지 혼란을 유발했다. 이런 요소들이 결합되어 맨체스터 시티는 전반전부터 경기를 장악하고 상대를 압도할 수 있었다.

2. 위르겐 클롭(Jürgen Klopp) - 강한 압박의 '게겐프레싱'

클롭은 '게겐프레싱(Gegenpressing, 역압박)'을 통해 상대의 빌드업을 차단하고 실수를 유도해 빠르게 역습으로 전환하는 전술을 사용한다. 이 전술은 특히 공을 잃은 직후 5초 이내에 공을 되찾기 위해 모든 선수가 압박을 가하는 방식이다.

대표 경기

2019년 UEFA 챔피언스 리그 준결승 2차전에서 리버풀은 바르셀로나를 상대로 이 전술의 진수를 보여 주었다. 1차전에서 0 대 3으로 패했던 리버풀은 홈경기에서 전방 압박과 빠른 공격 전개로 바르셀로나를 4 대 0으로 완파하고 결승에 진출했다. 이 경기는 클롭의 전술이 불가능해 보이는 경기를 어떻게 뒤집을 수 있는지를 상징적으로 보여 준다.

이 경기에서 디보크 오리기는 전방에서 강한 압박과 빠른 침투를 반복하며 수비수들의 실수를 유도했고 결국 2골을 기록하며 경기의 주인공이 되었다. 조르지니오 베이날둠은 후반에 교체 투입되어 짧은 시간 안에 2골을 넣으며 팀의 분위기를 반전시켰다. 풀백인 트렌트 알렉산더-아널드는 빠른 판단력으로 결정적인 어시스트를 만들어 냈는데 특히 코너킥 상황에서 상대의 집중이 흐트러진 틈을 타 빠르게 찬 공이 오리기의 골로 연결된 장면은 클롭의 유연한 사고방식을 단적으로 보여 준다.

양 측면을 활용한 빠른 공격 전환도 클롭 전술의 큰 특징이다. 앤디 로버트슨과 알렉산더-아널드는 수비 상황에서도 빠르게 공격으로 전환하며, 상대 수비의 균형을 무너뜨리는 데 크게 기여했다. 이처럼 게겐프레싱은 단순한 압박 전술이 아니라 모든

선수가 순간적인 집중력을 발휘해야 하는 전술적 약속의 집합
이라고 할 수 있다.

3. 디에고 시메오네(Diego Simeone) - 단단한 수비와 날카로운 역습

시메오네는 '두 줄 수비'와 빠른 역습을 통해 상대의 공격을
봉쇄하고 결정적인 순간에 승부를 거는 전략을 구사한다. 그의
팀은 끈질긴 수비력과 조직력을 바탕으로 상대를 지치게 만들
고 상대적으로 적은 찬스를 효과적으로 살린다.

대표 경기

2020년 UEFA 챔피언스 리그 16강 2차전에서 아틀
레티코 마드리드는 리버풀을 상대로 예상 밖의 승리
를 거두었다. 당시 리버풀은 홈에서 강력한 공격력을 앞세워 경
기를 장악했지만 아틀레티코 마드리드는 철저히 수비적인 자세
를 유지하면서 몇 차례의 역습으로 승부를 결정지었다.

시메오네의 핵심 전술은 두 줄 수비(4-4-2 형태)로 상대의 공
격 루트를 차단하고 공을 빼앗은 후에는 빠르게 전방으로 패스
를 연결해 역습을 펼치는 것이다. 미드필더 코케와 사울은 상대

의 패스를 차단하며 중원을 장악했고 스테판 사비치와 호세 히메네스는 끈질긴 마크로 리버풀의 공격을 막아 냈다.

공격에서는 주앙 펠릭스의 드리블 돌파와 마르코스 요렌테의 직선적인 침투가 큰 역할을 했다. 요렌테는 연장전에서 2골을 넣으며 경기를 단숨에 뒤집었다. 특히 수비 지역에서 공을 가로챈 후 박스 근처까지 빠르게 드리블하여 직접 마무리하는 요렌테의 플레이는 시메오네가 지향하는 철저한 수비 후 역습 축구의 상징적인 장면이었다.

4. 카를로 안첼로티(Carlo Ancelotti) - 유연한 전술과 용병술

안첼로티는 경기의 흐름에 따라 전술을 유연하게 조절하며 교체와 포지션 조정을 통해 팀의 전술적 색깔을 바꾸는 데 능하다. 특히, 경험 많은 선수들의 역량을 적재적소에 활용하는 점에서 뛰어난 지도력을 발휘한다.

대표 경기

2022년 UEFA 챔피언스 리그 준결승 2차전에서 레알 마드리드는 맨체스터 시티를 상대로 후반 막판부

터 연장전까지 3골을 넣으며 극적인 역전승을 거두었다. 이 경기는 안첼로티의 침착한 대응력과 전술 변화, 그리고 교체 전략의 진가가 드러난 대표적인 사례이다.

경기 내내 최전방에서 수비수를 등지고 공을 지키며 동료 선수들에게 기회를 만들어 주던 벤제마는 연장전에서 페널티킥으로 결승골을 넣음으로써 발롱도르 수상의 자격을 증명했다. 비니시우스는 좌측 측면에서 빠른 돌파로 수비를 흔들었고, 호드리구는 후반 막판 교체로 들어와 90분과 91분 연속 골을 기록했다. 그의 골은 안첼로티의 용병술이 얼마나 정확한 판단이었는지를 보여 준다.

중원에서는 루카 모드리치가 중심을 잡으며 공수 전환을 매끄럽게 이끌었다. 그는 짧은 패스와 롱패스를 적절히 활용하며 노련한 플레이를 펼쳤다. 수비에서는 에데르 밀리탕과 다비드 알라바가 상대의 공격을 막아 내며 경기를 안정적으로 운영했다.

이처럼 안첼로티는 각 선수들의 강점을 정확히 파악하고 적절한 시점에 변화를 줌으로써 팀을 결승으로 이끌었으며 끝내 우승했다.

　지금까지 우리는 세계적인 축구감독 네 명의 전술적 특징을 분석했다. 펩 과르디올라의 포지션 플레이, 위르겐 클롭의 게겐프레싱, 디에고 시메오네의 역습 전술, 카를로 안첼로티의 유연한 용병술은 각기 다른 방식으로 팀을 성공으로 이끌었다.

　각 감독은 자신의 철학에 따라 선수 구성, 경기 운영, 전략 선택에서 뚜렷한 차별성을 드러냈다. 전술은 단순히 경기의 승패를 가를 뿐 아니라 팀의 색깔과 방향성을 결정짓는 핵심 요소인 셈이다.

　이번 분석을 통해 우리는 축구 경기를 더 깊이 있게 이해할 수 있었다. 또한 감독의 전술이 얼마나 정교하고 전략적인지를 새롭게 인식하게 되었다. 앞으로는 경기 결과뿐만 아니라 그 안에 담긴 전술적 움직임에도 더욱 주의를 기울이게 될 것이다.

　다만 팀에게 전술을 입히는 방법이나 훈련 방식 등 감독의 전술이 실현되는 과정에 관해서 알기 어려웠다는 것은 아쉽다. 이를 보완하기 위해 우리는 프로축구팀 감독과의 인터뷰를 통해 궁금증을 해소할 계획이다.

참고문헌

▸ 정민철 외, 『축구 전술 가이드』, 삼전사(2019)

▸ 기타노 겐이치, 강민주 역, 『축구 전술 한 권으로 끝내기』, 그 날미디어(2023)

▸ 찰스 체임버, 천재형 역, 『축구 명장의 전술』, 역출판사(2025)

안녕하십니까?

이전호 감독님. 저희는 축구를 사랑하는 학생이자 이전호 감독님의 팬으로 무산고 1학년에 재학 중인 주현우, 한민규라고 합니다. 저희가 이번에 수행평가로 해외 유명 축구감독의 전술 분석에 관한 보고서를 작성하며 축구 전술에 대해 많은 것을 배웠습니다. 하지만 이런 전술이 실전에서는 어떻게 활용되는지,팀에 전술을 어떻게 입히는지 등과 같은 구체적이고 실제적인 내용은 알 수가 없었습니다. 이런 고민을 저희 학교 축구부 김용래 코치님께 털어놓자 감독님의 연락처를 주시면서 인터뷰를 요청해 보라고 하셨습니다. 바쁘신 가운데 저희 같은 학생의 인터뷰에 응해 주시기는 힘드실 거라 생각하지만 큰 용기를 내어 연락드립니다.

명함에 적힌 공식 메일로 관련 내용을 보내드렸으니 살펴보시고 편하게 답변 주시면 감사하겠습니다. 만약 거절하셔도 저희는 이전호 감독님과 무산FC를 끝까지 응원할 겁니다. 그럼 좋은 하루 보내세요.

무산고 주현우, 한민규 올림

문자 메시지를 보낸 후 일주일이 지났다.

무산FC 공식 계정으로 한 통의 메일이 도착했다. 클럽하우스 공식 초청 메일이었다.

"준비됐지?"

버스에서 내려선 현우가 민규에게 말했다. 옆에 서 있던 민규는 크게 숨을 내쉬고는 고개를 끄덕였다.

무산FC 클럽하우스 응접실에 들어선 둘은 곧이어 찾아온 구단 매니저에게 이런저런 설명을 듣고 있었다. 그때였다.

"쟤네들이야?"

고개를 돌린 현우와 민규의 시선이 닿은 곳에는 K리그를 대표하는 전술형 감독, 이전호 감독이 환한 미소를 지으며 걸어오고 있었다.

한국 전술 축구의 미래를 묻다

- 무산FC 이전호 감독을 만나다

무산고 1학년 주현우, 한민규

한국 축구에도 '전술의 언어'가 필요하다

바야흐로 우리는 전술 축구의 시대에 살고 있다. 유럽 무대에서 다양한 전술 실험이 이루어지는 가운데, 우리는 한국 프로축구에서 가장 전술적이고 구조적인 팀 운영을 보여 주는 감독으로 무산FC 이전호 감독을 주목하게 되었다.

이번 인터뷰를 통해 우리는 국내 전술 축구의 현재를 진단하고 미래 한국 축구가 나아가야 할 방향을 가늠해 보려 한다.

Q. 감독님은 자신을 전술가라고 생각하시나요?

A. 전술가라고 불리는 게 영광이긴 하지만, 너무 거창해요. 저는 그보다는 '정리하는 사람'이라고 생각해요. 선수들이 그라운드 위에서 혼란스럽지 않도록 기준을 세워 주는 사람. 각자의 특징과 장점을 최대한 끌어낼 구조를 만드는 게 제 역할입니다. 선수는 살아 있는 개별 존재인데, 전술이라는 이름으로 그걸 가두면 안 돼요. 그래서 늘 질문해요. '이 선수가 왜 여기 있어야 하지?' 그걸 설명할 수 있어야 좋은 전술이라고 생각합니다.

무산FC 클럽하우스에서 만난 이전호 감독. 사진 한민규.

Q. 무산FC의 빌드업은 어떤 철학에서 시작되었나요?

A. 무산FC의 빌드업은 단순히 수비 지역에서 공격으로 나아가는 기술적인 과정이 아니라 경기의 주도권을 우리 쪽으로 가져오기 위한 전략적 언어입니다. 우리는 볼을 소유하기 위해 소유하는 것이 아니라, '상대를 움직이기 위해 소유하는 것'을 지향합니다. 공이 발에 있을 때만 경기를 통제할 수 있다는 믿음 아래, 경기의 리듬과 흐름을 우리가 만들 수 있도록 설계하죠.

빌드업의 핵심은 '질문이 있는 패스'입니다. 수비수가 단순히 볼을 돌리는 것이 아니라 이 패스로 상대가 어디를 열지, 다음 행동이 무엇일지 끊임없이 묻는 거예요. 그래서 훈련에서도 선수들에게 '지금 너의 패스가 무슨 의도를 가지고 있느냐'고 묻습니다. 선택에는 이유가 있어야 하니까요.

공간에 대한 이해도 중요해요. 공간을 어떻게 창출하고 활용할 것인지에 대한 공감대가 팀 전체에 형성되어 있어야 빌드업이 살아납니다. 결국, 무산FC의 빌드업은 공간의 이해, 속도의 조절, 의도의 공유라는 세 가지 원칙에서 출발합니다.

Q. 전술이 선수의 개성과 충돌할 때 어떻게 조율하시나요?

A. 좋은 감독은 전술을 고집하는 사람이 아니라 선수의 장점

을 읽어 내는 사람이라고 생각해요. 예를 들어, 한 선수가 돌파력이 좋은데 좁은 지역에서 짧게 패스만 하라고 하면 그건 그 선수를 버리는 거예요. 저는 전술을 '유연한 그릇'이라고 생각합니다. 기본적인 골격은 있지만, 그 안에서 선수의 움직임이 자연스럽게 살아야 해요. 지도자는 설계도만 들고 있는 게 아니라 계속 수정하는 사람이죠.

Q. 청소년 선수들이 전술 이해력을 키우려면 어떻게 해야 할까요?

A. 가장 먼저 말씀드리고 싶은 건, 경기를 외워서 이해하려고 하지 말고, '이유를 찾아서' 이해해야 한다는 점입니다. 어떤 움직임이든, 어떤 위치든 그냥 하는 게 아니에요. '왜 이 타이밍에, 왜 이 공간으로'라는 질문을 계속 던지면서 축구를 보면 눈이 열립니다.

예를 들어, 프로 경기를 볼 때 단순히 '와, 잘한다.'가 아니라 '이 선수는 왜 여기 서 있었지?', '왜 수비수가 저쪽으로 따라가지 않았지?' 같은 질문을 던져 보세요. 처음에는 답이 잘 보이지 않아도, 그 질문을 계속 붙잡고 생각하는 과정이 전술을 배우는 첫걸음입니다. 〈중략〉

Q. 마지막으로, 축구를 진지하게 탐구하는 청소년들에게 전하고 싶은 말씀이 있다면요?

A. 축구는 결국 사람과 사람 사이의 게임입니다. 그래서 전술이 중요하지만, 그보다 먼저 관계가 중요해요. 감독과 선수, 선수들끼리의 신뢰가 없으면 아무리 복잡한 전술도 무너져요. 여러분이 축구를 공부하면서도 '나는 어떤 사람이고, 어떤 동료인가'를 생각했으면 좋겠어요. 그리고 꼭 지도자가 되지 않더라도, 축구를 보는 눈을 넓히는 건 삶의 다른 영역에도 큰 도움이 될 겁니다. 끝까지 배움을 즐기길 바랍니다.

인터뷰를 마치며

무산FC 이전호 감독과의 인터뷰는 단순한 '정보 수집'이 아니었다. 우리는 그의 말 속에서 '축구 너머의 철학'을 읽었다. 전술은 복잡한 체계 이전에 결국 사람을 움직이는 언어임을. 그리고 그 언어를 가장 잘 쓰는 이전호 감독 같은 인물이 한국 축구에 있다는 사실이 우리의 미래를 더 기대하게 만든다.

참고문헌

▶ 미하일 자코비치, 강준구 역,『축구 전술 마스터』, 문예문화사(2024)

▶ 현진호,『축구 전술 백과 100』, 운동과현실(2021)

▶ 김정선,「이전호 감독과 못다한 이야기」, 스포코, 2023년 11월 6일, "http://www.spoko.net/sdfxcvsd2233412-sdas"

▶ 무산키커(유튜브),「전호볼 전격 분석! 왜 전호볼이 한국 축구의 미래인가」, 2024, "http://www.youtube.com/asdwerc-hha12"

▶ 주현우 외,「축구 명장의 전술적 특징 분석」, 무산고 공통국어 수행평가 보고서, 2026

드디어 마지막 레슨이다! 시간 정말 빠르지?

좀 어떤가, 제군. 이제 보고서가 만만해졌다고? 피할 수 없다면 즐길 만큼? 그래, 이 쌤도 이제야 말할 수 있어. 여러분과 함께한 수업은 좋은 승부였다!

오늘은 특별한 선물을 가져왔어. 현우와 민규의 국어 수행평가를 바탕으로 내가 쓴 '세특(세부 능력 및 특기 사항)'을 공개하지. 사실 학교생활기록부는 개인 정보라 본인 외 열람은 금지야. 하지만 제군을 위해 현우에게 특별히 허락을 받았어. 같이 살펴보자고.

세부 능력 및 특기 사항

공통국어2

해외 축구 명장들의 전술을 주제로 한 공동 보고서를 작성하며 탁월한 자료 조사력과 체계적인 글쓰기 능력을 발휘함. 설문 조사 결과를 바탕으로 독자의 수준에 맞게 글의 구성과 표현을 조정하며, 수업에서 배운 '독자를 고려한 글쓰기' 전략을 실천함. 모둠의 리더로서 역할 분담을 조율하고, 글쓰기에 어려움을 겪는 동료를 지원하기 위해 교사와 소통하며 방법을 강구하는 등 협업과 리더십 역량을 적극 발휘하여 학우들로부터 학급 대표 보고서로 인정받을 만큼 완성도 높은 결과물을 만들어 냄.

이후 주제에 대한 관심을 더욱 심화하여 프로축구팀 감독을 직접 섭외해 인터뷰를 기획·진행하고, 그 결과를 토대로 인터뷰 보고서를 작성함. '축구 전술 마스터(미하일 자코비치)', '축구 전술 백과100(현진호)' 등의 전문 서적과 기존 보고서 작성을 통해 쌓은 지식을 토대로 깊이 있는 사전 질문을 구성하였으며, 인터뷰 과정에서는 뛰어난 의사소통 역량을 발휘해 면담자로부터 전문 기자 못지않다는 긍정적 평가를 받음. 이와 같은 일련의 활동을 통해 자기주도성, 탐구력, 협력적 소통 및 공동체 역량을 지속적으로 계발해 나가는 성장 지향적 학습자의 면모를 보여 줌.

민규와의 협업을 통해 공동체 역량이 꽤 성장한 게 눈에 보이지? 민규를 지원하기 위해 교사와의 소통에 나선 모습도, 협업을 주도하는 리더십도 잘 드러났다고 본다. 현우는 공동체 역량이 없는 게 아니었어. 다만 밖으로 표출할 기회가 없었던 거지. 여러분도 자의든 타의든 새로운 기회를 얻으면 과감하게 도전해 보도록. 혹시 알아? 너희도 모르는 잠재력을 발견하게 될지.

인터뷰 기획은 현우의 협력적 소통 역량을 보여 주는 데 매우 긍정적인 영향을 끼쳤어. 현우네는 운이 좋아서 프로축구팀 감독을 섭외하는 데 성공했지만 이런 일이 실제로 일어나기는 쉽지 않아. 유명세에 매달리기보다는 목적에 딱 맞는 분을 섭외해 보도록. 의외로 덜컥 성사되기도 하니까 용기를 내 보자고! 참, 꼭 인터뷰가 아니더라도 수업 시간에 자주 접할 수 있는 토론이나 토의, 발표 등을 통해서도 평가자, 그러니까 선생님에게 협력적 소통 역량을 어필할 수 있으니까 잘 활용해 봐.

현우네는 보고서 작성 후에 주제를 한층 심화해서 인터뷰 보고서를 완성하기까지, 일련의 과정도 매끄러웠어. 이 과정에서도 현우가 지닌 자기주도적이고 깊이 있는 탐구력이 충분히 드러났지.

마지막으로 아무리 강조해도 지나치지 않은 독서! 현우네 보고서에 꼼꼼하게 작성된 참고문헌 덕분에 선생님도 학생부에 도서명을 또박또박 적어 줄 수 있었다. 독서가 학생의 지적 역량을 보여 주는 아주 구체적인 근거라는 점, 꼭 기억하자.

　현 선생의 보고서 쓰기 수업은 아쉽지만 여기까지야. 지금까지 잘 따라와 줘서 고맙다. 이제 준비가 끝났어. 쓰기만 하면 멋진 보고서가 나올 거야. 잘 안 된다고? 수정이 창작보다 쉽다! 마음에 들 때까지 고치면 된다는 생각으로 그냥 쓰기. 기억하지? 중요한 건 여러분의 마음속 펜은 그 누구도 꺾을 수 없다는 사실이야.

　자, 제군이 좋은 글을 쓰게 되는 그날까지 응원하겠습니다. (큰 주먹을 불끈 쥐며) 아자! 아자! 아자!

이번엔…
갈비뼈?

계속 도전하겠습니까?
재접속
RECONNECT

경기에서 다른 선수랑 부딪힌 뒤 욱신거려요….

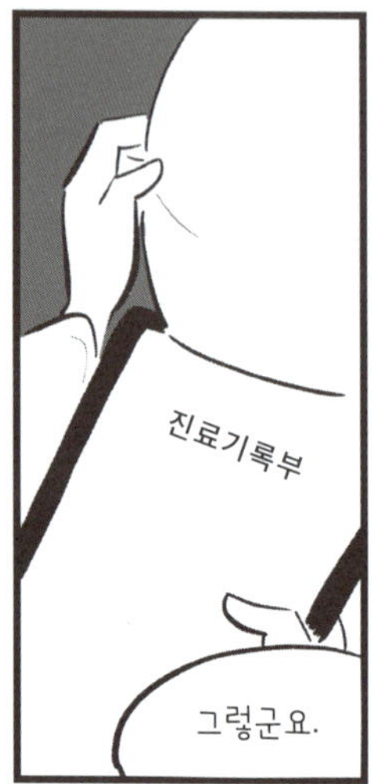

진료기록부
그렇군요.

한 선수.
예.

내가 무리하지 말라고 했을 텐데요?

햄스트링 부상으로 시즌 내내 고생….
간신히 재활하고 나 경기 만에 또!

그게 아니라, 선생님!
그래 그래
그쪽에서 보지도 않고 냅다 달려오는 바람에 피할 수가 없었어요.
'야고'라고 브라질 출신 윙백인데…!

완전 통뼈예요, 통뼈!
부딪히면
그냥 날아간다고요!
알았어요~.
진단 결과는
미세한 실금이에요.
하지만….

경기 복귀까지는
3~4주 걸릴 거예요.
네?
안 되는데?!
무리 말랬죠?

착실하게 3주예요.
알았죠?

대기 환자 없죠?
저 통화 좀 할게요.
네~

여보…
무산FC
신, 임, 감, 독, 님.
안녕하십니까….

라볼피아나 쓰는
감독님 팀 볼란치가
상대 팀 윙백이랑 부딪혀
부상을 입었습니다.

이런 어처구니 없는 실책은
선수의 전술 이해도가 낮아
생긴 불상사입니까?

아님 감독님 전술의
결함에서 나온
인재입니까?
혹시 볼란치
보호할 선수를
빠뜨린 건 아니겠죠?

에헤이, 주 박사~.

왜 또 불상사니,
결함이니,
어려운 말 쓰며
분위기 잡아~.
무섭게~.

★ 아챔: 아시아챔피언스 리그

왜, 손영재 선수 있잖아.
손 선수가 몸싸움은 좀 약해도 킥력이라면 한 선수보다 나은 것 같던데.

쓰리백으로 수비 좀 두텁게 가져가고, 손 선수가 롱볼로 패스 뿌려 주는 역습 패턴 잘 쓰면
한 선수 공백은 메꿀 듯.

이야…, 우리 영재까지 알고 있어?
나 그만두면 후임 감독으로 주 박사 추천한다, 꼭!

피
식
끊는다.

시간 참 빠르네.
전략가라니까,
예나 지금이나.

벌써
3개월이라니.

흠,
팔짱은 끼지 말걸
그랬나?

참...
적응 안 되네.

무산FC 감독 한민규

〈캡틴 츠바사〉. 어린 시절 내 마음을 사로잡은 축구 만화다. 주인공 이름 '츠바사'의 한자 '翼(날개 익)'이 쓰인 걸 보고는 "캡틴 익"이라고 부르던 그걸 참 열심히도 읽었다. 이 만화가 나를 축구 좋아하는 인간으로 키운 것이다. 덕분에 삶에서 많은 것을 축구로부터 배웠다. 개인적 고민부터 조직에서의 문제 해결까지. 그러다 보니 자연스레 축구가 '글쓰기'도 가르쳐 줄 수 있지 않을까, 하는 생각에까지 다다랐다.

어떻게 축구랑 글쓰기를 연결 짓느냐는 원성이 들리는 듯하다. 잠깐 진정하시고, 다시 〈캡틴 츠바사〉로 돌아가 보자. 만화 속 주인공들은 세계 청소년 대회에서의 활약에 힘입어 라 리가, 세리에 A, 분데스리가 등 당시 최고의 리그에 진출한다. 그때는 '해외파만으로 국가대표를 꾸린다고? 뻥도 정도껏 쳐야지, 낄낄.' 이랬는데 세상에, 작품 발표로부터 수십 년이 지난 지금, 작가의 상상은 현실이 되었다. 일본 축구는 이미 해외파만으로 국가대표를 꾸릴 정도로 성장했고, 대한민국은 프리미어리그 득점왕 손흥민 보유국이 되지 않았나.

축구선수 민규와 고독한 우등생 현우가 만나 축구로 글쓰기를 배운다는 설정은 〈캡틴 츠바사〉에 비하면 극사실주의지, 이런 생각으로 여기까지 왔다. 츠바사가 현실이 되었듯이, 민규와 현우도 독자 여러분의 몸으로 현현할 것임을 확신한다.

AI가 범람하는 시대에도 글쓰기는 사람과 사람의 관계를 통해서만 발전하리라 믿는다. 글이란 결국 쓰는 이와 읽는 이가 공을 주고받는 게임 같은 거니까. 독자가 건넨 패스를 받아 멋들어진 글로 원더골을 터뜨리는 여러분의 모습을 기대한다.

누추한 원고에 멋진 '날개'를 달아 주신 그림 작가 김진혁 선생님과 탐 편집부에 감사의 말씀을 드린다.

여러분의 꺾이지 않는 글쓰기를 응원하며,

이락

추신) 책을 덮고 난 후, K리그 활성화와 경기장 잔디 개선을 촉구하는 멋들어진 글로 한국 축구계에 힘을 보태 주시길.